JN210793

小説 君の名は。

新海 誠

角川文庫
19809

目次

第一章　夢

懐かしい声と匂い、愛《いと》おしい光と温度。

私は大切なだれかと隙間なくぴったりとくっついている。分かちがたく結びついている。乳房に抱かれた乳呑《ちの》み児の頃のように、不安や寂しさなんてかけらもない。失ったものは未《いま》だひとつもなく、とても甘やかな気持ちが、じんじんと体に満ちている。

ふと、目が開く。

天井。

部屋、朝。

ひとり。

東京。

――そうか。

夢を見ていたんだ。私はベッドから身を起こす。

そのたった二秒ほどの間に、さっきまで私を包んでいたあたたかな一体感は消え失《う》せている。跡形もなく、余韻もなく。そのあまりの唐突さに、ほとんどなにを思う間もなく、涙がこぼれる。

朝、目が覚めるとなぜか泣いている。こういうことが私には、時々ある。


そして、見ていたはずの夢は、いつも思い出せない。

俺は涙をぬぐった右手を、じっと見る。人差し指にのった小さな水滴。ついさっきまでの夢も、目尻《めじり》を一瞬湿らせた涙も、もう乾いている。

とても大切なものが、かつて。

この手に。

——分からない。

俺はあきらめてベッドから降り、部屋を出て洗面所に向かう。顔を洗いながら、この水のぬるさと味にかつて驚いたことがあったような気がして、じっと鏡を見る。どこか不満げな顔が、俺を見返している。

私は鏡を見つめながら髪を結う。春物のスーツに袖《そで》を通す。

俺はようやく結び慣れてきたネクタイを締め、スーツを着る。

私はアパートのドアを開け、

俺はマンションのドアを閉める。目の前には、

ようやく見慣れてきた、東京の風景が私の前に広がっている。かつて山々の峰の名を自然に覚えたように、今ではいくつかの高層ビルの名前を私は言えるようになっている。

俺は混み合った駅の改札を抜け、エスカレーターを降り、

通勤電車に、私は乗る。ドアに寄りかかり、流れていく風景を眺める。ビルの窓にも、車にも、歩道橋にも、街には人が溢《あふ》れている。

ぼんやりとした花曇りの白い空。百人が乗った車輛《しゃりょう》、千人を運ぶ列車、その千本が流れる街。

気づけばいつものように、その街を眺めながら

私は、

俺は、

だれかひとりを、ひとりだけを、探している。

第二章　端緒

知らないベルの音だ。

まどろみの中でそう思った。目覚まし？　でも、俺はまだ眠いのだ。昨夜は絵を描くのに夢中になっていて、ベッドに入ったのは明け方だったのだ。

「……くん。……たきくん」

今度は、誰かに名を呼ばれている。女の声。……女？

「たきくん、瀧《たき》くん」

泣き出しそうに切実な声だ。遠い星の瞬きのような、寂しげに震える声。

「覚えて、ない？」

その声が不安げに俺に問う。でも、俺はお前なんて知らない。

突然電車が止まり、ドアが開く。そうだ、電車に乗っていたんだ。そう気づいた瞬間、俺は満員の車輌に立っている。目の前に見開いた瞳《ひとみ》がある。まっすぐに俺を見つめている少女、その制服姿が、降車の乗客に押されて俺から遠ざかっていく。

「名前は、みつは！」

少女はそう叫び、髪を結っていた紐《ひも》をするりとほどき、差し出す。俺は思わず手を伸ばす。薄暗い電車に細く差し込んだ夕日みたいな、鮮やかなオレンジ色。人混みに体を突っこんで、俺はその色を強く掴《つか》む。

そこで、目が覚めた。

少女の声、その残響が、まだうっすらと鼓膜に残っている。

……名前は、みつは？

知らない名で、知らない女だった。なんだかすごく必死だった。涙がこぼれる寸前の瞳、見たことのない制服。まるで宇宙の運命を握っているかのような、シリアスで深刻な表情だった。

でもまあ、ただの夢だ。意味なんかない。気づけばもう、どんな顔だったかも思い出せない。鼓膜の残響もすでに消えている。

それでも。

それでも、俺の鼓動はまだ、異常に高鳴っている。奇妙に胸が重い。全身が汗ばんでいる。とりあえず、俺は息を深く吸う。

すーっ。

「……？」

風邪か？　鼻と喉《のど》に違和感がある。空気の通り道が、いつもよりもすこし細い。胸が、奇妙に重い。なんというか、物理的に重いのだ。俺は自分の体に目を落とす。そこには胸の谷間がある。

そこには胸の谷間がある。

「……？」

そのふくらみに朝日が反射し、白い肌が滑らかに光っている。ふたつの胸の間には、青く深い影が湖のようにたまっている。

もんでおくか。

俺はすとんとそう思う。りんごが地上に落ちるみたいにほとんど普遍的に自動的に、そう思う。

…………………。

…………。

……？

…！

俺は感動してしまう。おおお、と思う。なんなんだこれは。俺は真剣にもみ続ける。

これってなんというか……女の体ってすげえな……。

「……お姉ちゃん、なにしとるの？」

　ふと声の方向を見ると、小さな女の子が襖《ふすま》を開けて立っていた。俺は胸をもみながら、素直な感想を言う。

「いや、すげえリアルだなあって……。え？」

　あらためて少女を見る。まだ十歳くらいか、ツインテールでツリ目がちの、生意気そうな子どもだ。

「……お姉ちゃん？」

　俺は自分を指さし、その子に問う。ていうことは、こいつは俺の妹か？　その子は呆《あき》れきったような表情で言う。

「なに寝ぼけとんの？　ご・は・ん！　早く来《き》ない！」

　ぴしゃり！　と叩《たた》きつけるように襖を閉められる。なんか凶暴そうな女児だなと思いながら、俺は布団から立ち上がる。そういえば腹も減っている。ふと、視界の隅の鏡台に目がとまる。畳の上を何歩か歩き、鏡の前に立ってみる。緩いパジャマを肩からずらすと、それはぱさりと床に落ち、俺は裸になる。鏡に映った全身を、じっと見つめる。

寝癖でところどころ飛び跳ねた、黒く長い水流みたいな髪。小さな丸顔に、もの問いたげな大きな瞳、どこか楽しげな形の唇、細い首と深い鎖骨、おかげさまで健康に育ちました！　と主張しているかのような胸のふくらみ。うっすらと浮かぶ肋骨《ろっこつ》の影、そこから続く、柔らかな腰の曲線。

まだ俺は生で見たことはないけれど、これは間違いなく、女の体だ。

……女？

俺が、女？

突然に、それまでぼんやりと体を覆っていたまどろみが晴れわたる。頭が一気にクリアになって、一気に混乱する。

そしてたまらずに、俺は叫んだ。

＊　　＊　　＊

「お姉ちゃん、おーそーいー！」

引き戸を開けて居間に入ると、四葉《よつは》の攻撃的な声色が飛んできた。

「明日は私が作るでね！」

ごめんの代わりに私はそう言う。この子はまだ乳歯も全部生え替わってない子どものくせに、姉よりも自分の方がしっかりしていると断じている節がある。謝罪などして弱みを見せてはいけないわ！　と思いつつ私はかぱんと炊飯器を開け、ぴかぴかした白飯を自分の茶碗《ちゃわん》に盛りつける。あ、盛りすぎか？　まあいいか。

「いただきまーす」

つるりとした目玉焼きにソースをたっぷりかけて、ご飯と一緒に口に入れる。ああ、美味《おい》しい。しあわせかも。……ん？　こめかみあたりになにやら視線が。

「……今日は、普通やなあ」

「え？」

気づけばお祖母《ばあ》ちゃんが、ご飯を嚙《か》む私をじっと見ている。

「昨日はヤバかったもんなぁ！」

と、四葉もにやにやと私を見る。

「突然悲鳴あげたりしてな」

悲鳴？　怪しげなものを検分するようなお祖母ちゃんの視線に、ばかにしている（に違いない）四葉のにやつき。

「え、なになに？　なんなんよ⁉」

なんなのよ、二人そろって感じ悪い――

ピンポンパンポーン。

突如暴力的な音量で、鴨居に設置されたスピーカーが鳴る。

『**皆さま、おはようございます**』

その声は、親友のサヤちんのお姉さん（町役場・地域生活情報課勤務）である。ここ、糸守町《いともりまち》は人口千五百人のしょぼい小さな町だけに、大抵の人たちは知り合い、あるいは知り合いの知り合いなのだ。

『**糸守町から、朝のお知らせです**』

スピーカーから流れる言葉は、いともりまち・から・あさの・おしらせです、と文節を区切って、ゆっくりゆっくりと読み上げられる。スピーカーは町中の屋外にも設置されているから、放送は山々に反響して輪唱のように重なっていく。

毎日朝夕二回、かかさず町中に流される防災無線放送だ。町内のどの家にも必ず受信器があって、運動会の日程だとか雪かき当番の連絡とか、昨日は誰が産まれたとか今日は誰のお葬式だとか、そういう町のイベントを日々律儀にアナウンスしてくれるのだ。

『**来月二十日に行われる、糸守町町長選挙について、町の、選挙管理委員会から――**』

ぶつり。

鴨居のスピーカーが沈黙する。スピーカー本体には手が届かない故に、お祖母ちゃんがコンセントを抜いたのだ。八十歳を過ぎ、いつも古式ゆかしい着物姿でありつつも無言で怒りを表明するその行動。クールだわと思いつつ私はリモコンを手に取り、連携プレイのごとくテレビの電源を入れる。サヤちんお姉さんの声を引き継いで、NHKお姉さんがにこやかにしゃべり出す。

『千二百年に一度という彗星《すいせい》の来訪が、いよいよひと月後に迫っています。彗星は数日間にわたって肉眼でも観測できると見られており、世紀の天体ショーを目前に、JAXAをはじめとした世界中の研究機関は観測のための準備に追われています』

画面には『ティアマト彗星、一ヶ月後に肉眼でも』の文字と、ぼやけた彗星の映像。なんとなく会話は途切れ、NHKに混じって私たち女三人の食事の音だけが、授業中の密談みたいにひそひそかちゃかちゃと後ろめたげに鳴っている。

「……いいかげん、仲直りしないよ？」

唐突に、四葉が空気を読まない発言をする。

「大人の問題！」

ぴしゃりと、私は言う。そう、これは大人の問題なのだ。なにが町長選挙よ。ぴーひょろろ、と、なんだか間抜けな声色でどこかしらでトンビが鳴いた。

いってきまーす、と声を揃えてお祖母ちゃんに告げて、私と四葉は玄関を出た。

盛大に、夏の山鳥が鳴いている。

斜面沿いの狭いアスファルトを下り、いくつかの石垣の階段を降りると、山の影が切れてもろに直射が降りそそぐ。眼下にはまあるい湖、糸守湖。その凪《な》いだ水面が、朝日を反射してぴかーっと無遠慮に輝いている。深緑に連なった山々に、青い空に白い雲、隣には無意味にスキップなどしている赤ランドセルのツインテール幼女。そして私は、生足も眩《まぶ》しい女子高生。私は頭の中で、壮大なストリングスのBGMを流してみる。おお、日本映画のオープニングみたい。ようするに日本的昭和的ど田舎に、私たちは住んでいる。

「みーつはー！」

と背中に声をかけられたのは、小学校の前で四葉と別れた後だった。自転車を漕《こ》ぐ不機嫌そうなテッシーと、その荷台にちょこんと腰掛けてにこにこ顔のサヤちんだ。

「お前早く降りろ」ぶつぶつとテッシーが言っている。「いいにん、ケチ！」「重いんやさ」「失礼やな！」と、夫婦《めおと》漫才のようなイチャコラを二人は朝から繰り広げる。

「あんたたち、仲いいなあ」

「良くないわ！」

と二人がハモる。その真剣な否定っぷりがおかしくて、私はくすくすと笑ってしまう。軽快なギターソロなんかに、私の脳内BGMは切り替わっている。私たち三人はもう十年来の親友である。小柄で前髪ぱっつん&お下げ髪のサヤちんと、ひょろりとした長身で坊主頭がダサめのテッシー。二人はいつもいがみ合っているふうだけれど会話のテンポがぴったりで、実はお似合いなのではないかと私は密《ひそ》かに思っている。

「三葉《みつは》、今日は髪、ちゃんとしとるな」

自転車から降りたサヤちんが、私の髪紐《かみひも》のあたりを触りながらにやにやと言う。私はいつもと同じ髪型をしている。左右の三つ編みをくるりと巻いて頭の後ろで髪紐で束ねる、ずっと昔にお母さんに教えてもらったまとめ方。

「え、髪？　なに？」

そういえば、朝食の時にうやむやになった会話を私は思い出す。今日はちゃんとしてるって、じゃあ昨日はおかしかったってこと？　昨日のことを思い出そうとすると、

「そうや、ちゃんと祖母ちゃんにお祓《はら》いしてもらったんか？」

とテッシーが心配顔を乗りだした。

「オハライ？」

「ありゃゼッタイ狐憑《きつねつ》きやぜ！」

「はああ？」唐突な言葉に私は顔をしかめる。サヤちんが呆《あき》れたように代弁する。

「あんたはもう、なんでもオカルトにしんの！　きっと三葉はストレス溜《た》まっとるんよ。なあ？」

ストレス？

「え、ちょ、ちょっと、なんの話？」

どうして皆にそろって心配されてるの、私？　昨日は……とっさには思い出せないけれど、いつもの一日だったはず。

——あれ？

本当に、そうだった？　昨日、私は……

『——そしてなによりも！』

拡声器の野太い声が、私の疑問を消し去った。

ビニールハウスの建ち並んだ向かい側、町営駐車場の無駄に広い敷地に、こんもりと一ダースくらいの人だかりができている。その中心でマイクを持って立っているのは、ひときわ背が高く堂々とした態度の、私の父だ。スーツの上半身にかけたたすきには、誇らしげに「現職・宮水《みやみず》としき」と書かれている。町長選の選挙演説なのだ。

『なによりも、集落再生事業の継続、そのための町の財政健全化！　それが実現して初めて、安全、安心な町作りができるのです。現職として、ここまで進めさせていただいてきた町作りを完遂させたい、さらなる磨きをかけたい！　そして新たな情熱でこの地を導き、子どもからお年寄りまで、誰もが安心して活《い》き活きと活躍できる地域社会を実現していきたい！　それが私の使命やと、決意を新たにしとります……』

その高圧的なほど堂に入った演説は、なんだかテレビで見る政治家の人みたいで、こんな畑に囲まれた駐車場と全然マッチしていない気がして、私は白々とした気持ちになる。どうせ今期も宮水さんで決まりやろ、だいぶ撒《ま》いてるみたいやしね、聴衆から聞こえてくるそんな囁《ささや》き声も、私の気持ちをさらに暗くする。

「おう、宮水」

「……おはよう」

最悪。私に声をかけてきたのは、苦手なクラスメイト三人組だ。高校でも派手系イケてるヒエラルキーに属するこのヒトたちは、地味系カテゴリーに属する私たちにことあるごとにちくちくと嫌みを投げつけるのだ。

「町長と土建屋は」と一人が言って、わざとらしく、演説中の父に視線を向ける。見ると、父の横にはテッシーのお父さんが満面の笑みで立っている。自分の建設会社のジャケットを着て、腕には「宮水としき応援団」と書かれた腕章を巻いている。そこから私、それからテッシーに視線を回しながら、そいつは続ける。

「その子どもたちも癒着しとるな。それ、親の言いつけでつるんどるの？」

ばかみたい。私は返事をせず、足を速めてその場を去ろうとする。テッシーも無表情、サヤちんだけが困ったように落ち着かなげ。

「三葉！」

突然、大声が響いた。ひっと、息が止まりそうになる。信じられない。演説中だった父親が、マイクを下ろした地声で、私に向かって声を張り上げているのだ。聴衆も一斉に私を見る。

「三葉、胸張って歩かんか！」

私は真っ赤になる。あまりの理不尽に、涙まで流してしまいそうになる。駆け出したくなるのを懸命にこらえて、大股《おおまた》でその場から遠ざかる。「身内にも厳しいなあ」「さすが町長やわ」聴衆がそんなふうに囁いている。「うわ、きっつ」「ちょっとかわいそう」というクラスメイトの半笑いが耳に届く。

最悪。

さっきまで鳴っていたBGMは、いつの間にか消えている。BGMなしのこの町は、ただただ息苦しいだけの場所だったと私は思い出す。

カッカッカッ、と黒板が音をたてて、短歌らしきモノが書きつけられる。

誰《た》そ彼《かれ》と　われをな問ひそ　九月《ながつき》の　露に濡《ぬ》れつつ　君待つわれそ

「誰《た》そ彼《かれ》、これが黄昏《たそがれ》時の語源ね。黄昏時は分かるでしょう？」

ユキちゃん先生の澄んだ声がそう言って、黒板に大きく『誰そ彼』と書く。

「夕方、昼でも夜でもない時間。人の輪郭がぼやけて、彼が誰か分からなくなる時間。人ならざるものに出会うかもしれない時間。魔物や死者に出くわすから『逢魔《おうま》が時』なんていう言葉もあるけれど、もっと古くは、『かれたそ時』とか『かはたれ時』とか言ったそうです」

ユキちゃん先生は、今度は『彼誰《かれた》そ』『彼《か》は誰《たれ》』と書く。なんだそりゃ、ダジャレ？

「はーい、センセイしつもーん。それって『カタワレ時』やないの？」

そう誰かが発言し、そうだよ、と私も思う。タソガレ時はもちろん分かるけど、夕方を指す言葉として子どもの頃から耳馴染《みみなじ》みがあるのは『カタワレ時』だ。それを聞いて、ユキちゃん先生は柔らかく笑う。それにしても、こんな田舎の高校には不相応なくらい美人なのよねこの古典教師。

「それはこのあたりの方言じゃない？　糸守のお年寄りには万葉言葉が残ってるって聞くし」

ど田舎やからなあ、と男子が言って、くすくすと笑い声が上がる。確かに、時々うちのお祖母ちゃんもそれ何語？　的な言葉使うかも。一人称「ワシ」だし。そんなことを考えながらノートをめくると、まだ白紙のはずのページに大きな文字が書かれていた。

お前は　誰だ？

……え？

なにこれ？　周囲の音が、見覚えのない筆跡に吸い込まれるみたいにしてすーっと遠ざかる。これ、私の字じゃない。ノートを誰かに貸したりなんかもしてないはず。

え？　お前は誰だって、どういうこと？

「……さん。次、宮水さん！」

「あ、はい！」

私は慌てて立ち上がる。九十八ページから読んでくださいね、とユキちゃん先生が言って、私の顔を見ながらおかしそうに付け足す。

「宮水さん、今日は自分の名前、覚えてるのね」

そしてクラス中がどっと笑う。はああ？　なんなのよこれ、どういうこと？


「……覚えとらんの？」

「……うん」

「ほんとに？」

「うんってば」

そう答えて、ぢゅーっとバナナジュースをすすった。ごくん。おいし。サヤちんは不思議なモノを見るような目で私を見ている。

「……だってあんた、昨日は自分の机もロッカーも忘れたって。髪はぼさぼさの寝癖で結んどらんし、制服のリボンもしとらんかったし、なんかずっと不機嫌やったし」

私はその姿を想像してみる。……え？

「えええええ！　うそ、ほんと⁉」

「なんか、昨日の三葉、まるで記憶喪失みたいやったよ」

私は慌てて思い返してみる。……やっぱりおかしい。昨日のことが思い出せない。

いや、切れぎれに覚えていることもある。

あれは……どこかの知らない街？

鏡に映った……男の子？

私は記憶をなんとか辿《たど》ろうとする。ぴーひょろろーと、茶化すようにトンビが鳴く。

昼休み、私たちは校庭のすみっこで紙パックジュースを手にだべっている。

「うーん……なんか、ずっと変な夢を見とったような気がするんやけど……あれは、別のヒトの人生の、夢？　……うーん、よく覚えとらんなあ……」

「……分かった！」

突然テッシーが大声を上げて、私はびくっとしてしまう。読みさしのオカルト雑誌『ムー』を私たちの鼻先に突きつけ、泡を飛ばす勢いで言う。

「それって、前世の記憶や！　いやそれは科学的やないとオマエらは言うやろうそうやろう、ならば言い方を変えてエヴェレットの多世界解釈に基づくマルチバースに無意識が接続したという説明は――」

「あんたは黙っとって」サヤちんがぴしりと叱りつけ、「あー、もしかしてあんたが私のノートに落書きを！」と私も叫ぶ。

「は？　落書き？」

あ、いや、違うか。テッシーはそういうツマラナイいたずらをするタイプじゃないし、動機もない。

「あ、ううん。なんでもない」と私は取り消す。

「は？　なんだよ落書きって。俺疑われとる？」

「なんでもないってば」

「うわ、ひでえ三葉！　サヤちん聞いたか、冤罪《えんざい》やエンザイ！　検察呼んでくれよ検察、いや呼ぶのは弁護士か？　おいこういう場合どっちやっけ？」

「でも三葉、昨日はマジでちょっとヘンやったよ」と、テッシーの訴えを華麗に無視してサヤちんが言う。「もしかして、どっか体調悪いんやないの？」

「んー、おかしいなあ……ホントにストレスとかかなあ……」

私もあらためて、ここまでの数々の証言について考えてみる。テッシーはと言えば、何ごともなかったかのようにオカルト雑誌に再び夢中になっている。こういう引きずらないところが、彼の美点だ。

「そうや、きっとストレス！　三葉、最近そういうのいっぱいあるにん！」

そうなのだ。町長選は言うに及ばず、いよいよ今夜に迫ったあの儀式！　この小さな町で、なんだってよりによって私の父親は町長で、私のお祖母ちゃんは神社の神主なのだろう。私は両膝《りょうひざ》に顔をうずめ、深々と嘆く。

「あーもう、私さっさと卒業して東京行きたいわぁ。この町狭すぎるし濃すぎるんやさ！」

分かる、とってもとってもよーく分かる！　とサヤちんもうんうん頷《うなず》いてくれる。

「うちなんか母子《おやこ》姉妹三連続で町内放送担当だもん。近所のおばちゃんたち、子どもの頃からずっと私を『放送のお嬢ちゃん』呼ばわりやよ⁉　そして私はなぜか放送部所属やし！　もう自分でもなにがしたいのか分からんわぁー」

「サヤちん、卒業したら一緒に出よう東京に！　こんな町、大人になっても学校ヒエラルキーまんま持ち越しやよ！　この因襲から自由にならな！　ほらテッシー、あんたも一緒に行くんやろ？」

「んん？」テッシーはぼんやりとオカルト雑誌から顔を上げる。

「……あんた、話聞いとった？」

「あー……。俺は別に……普通にずっと、この町で暮らしてくんやと思うよ」

どはあぁぁ、と私とサヤちんは深く溜息《ためいき》を吐く。こんなんだから女子にモテないのだ、こいつは。まあ私だって彼氏とかいたことないけれど。

そよ、と吹いた風の行き先に目をやると、眼下の糸守湖がいかにも無関心そうに平和に凪《な》いでいた。

こんな町、本屋もないし歯医者もないし。電車は二時間に一本やしバスは一日に二本やし天気予報は対象地域外やしグーグルマップの衛星写真は未《いま》だにモザイクやし。コンビニは九時に閉まるしそのくせ野菜の種とかハイグレード農機具とかは売ってるし。

学校からの帰り道、私とサヤちんの対糸守町・愚痴りモードはまだ続いている。マックもモスもないくせにスナックは二軒もあるし。雇用はないし、嫁は来ないし、日照時間は短いし。ぐちぐちぐちぐちぐち。普段はこういう町の過疎っぷりが逆にすがすがしくどこか誇らしく感じられたりもするのだけれど、今日の私たちは本気で絶望しているのだ。

ぬぼーっと自転車を押しながら黙ってついてきていたテッシーが、ふいに苛《いら》ついたように声を上げた。

「お前らなあ！」

「……なによ」と不機嫌な私たちに、ニヤリ、と不気味な笑みを浮かべるテッシー。

「そんなことより、カフェにでも寄ってかんか」

「え……」「な……」「な……！」

「カフェえええ!?」と、私たちは盛大にハモった。


がっちゃん！という金属音が、ひぐらしの声色に溶けていく。ほらよ、とテッシーが自販機から取り出した缶ジュースを差し出す。びーんという音を立てて、電動スクーターにまたがった畑帰りのおじいちゃんが目の前を通過し、通りすがりの野良犬が「俺も付き合ってやるか」という風情で座り込んであくびをした。

そのカフェは、あのカフェではなかった。つまりスタバとかタリーズとか、あるいはこの世のどこかにあるというパンケーキやベーグルやジェラートを供する夢空間でもなく、三十年くらい前のアイスクリーム看板が貼り付けられたベンチと自動販売機がぽつんとあるだけの、近所のバス停だった。三人並んでベンチに座り、ついでに野良犬も足元に座っていて、私たちは缶ジュースをちょびちょびと飲んでいる。テッシーにだまされたというよりも、まあそりゃそうか、という気持ちになる。

「じゃ、私先に帰るね」

今日は昨日より一度くらい気温が低いね、いや私は一度くらい高いと思う、そういう心底どうでもいい会話を缶ジュース一本分し終えてから、私は二人にそう伝えた。

「今晩がんばってな」とサヤちゃん。「後で見にいってやるでな」とテッシー。

「来なくていいよ！　ていうかゼッタイ来んな！」と釘《くぎ》を刺しつつ、私は内心で「恋人同士になれるようにがんばれ〜」と二人に向かって祈ってあげた。しばらく石段を登ってから振り返り、夕焼け色の湖をバックにベンチに座っている二人に、リリカルなピアノ曲なんかをそっとかぶせてみる。うんうん、やっぱりお似合いやん。私はこれから不幸な夜のお務めだけど、あなたたちだけはせめて若さを謳歌《おうか》しなさいね。


「あーん、私もそっちがいいわぁ」

四葉が不満げな声を漏らす。

「四葉にはまだ早いわ」とお祖母ちゃん。

八畳ほどの作業部屋には、かちんかちんと、重り玉がぶつかる音が間断なく響いている。「糸の声を聞いてみない」と、作業の手を止めずにお祖母ちゃんは続ける。

「そうやってずーっと糸を巻いとるとな、じきに人と糸との間に感情が流れだすで」

「へ？　糸はしゃべらんもん」

「ワシたちの組紐《くみひも》にはな――」と、四葉の抗議を無視してお祖母ちゃんは続ける。私たち三人はそれぞれに着物姿で、今夜の儀式に使う紐作りの仕上げをしているのだ。組紐、という古くから伝わる伝統工芸で、細い糸を組み合わせ一本の紐を組む。完成した組紐には、様々な図柄が編み込まれたりしていてカラフルで可愛い。とはいえ作業にはそれなりの習熟が必要だから、四葉のぶんはお祖母ちゃんが担当。四葉は重り玉にひたすら糸を巻くというアシスタント作業をやらされている。

「ワシたちの組紐にはな、糸守千年の歴史が刻まれとる。まったくあんたらの学校も、元来はこういう町の歴史をまずは子どもに教えにゃいかんのに。ええか、今をさかのぼること二〇〇年前……」

また始まった、と私は小さく苦笑する。小さな頃からこの作業場で繰り返し聴かされてきた、お祖母ちゃん得意の口上だ。

「ぞうり屋の山崎繭五郎《やまざきまゆごろう》の風呂場《ふろば》から火が出て、このへんは一帯丸焼けとなってまった。お宮も古文書も皆焼け、これが俗に言う――」

お祖母ちゃんがちらりと私を見て、

「『繭五郎の大火』」

すらりと私は答える。うむ、と満足そうなお祖母ちゃん。「え、火事に名前ついとるの⁉」と驚いた様子の四葉。マユゴローさん、こんなことで名前が残るなんてかわいそ、とぶつぶつと言っている。

「おかげで、ワシたちの組紐の文様が意味するところも、舞いの意味も解らんくなってまって、残ったのは形だけ。せやけど、意味は消えても、形は決して消しちゃあいかん。形に刻まれた意味は、いつか必ずまたよみがえる」

お祖母ちゃんの話には小唄《こうた》のような独特の拍子がついていて、私は組紐を組みながら、同じ言葉を口の中で小さく諳《そら》んじる。形に刻まれた意味は、いつか必ずまたよみがえる。それがワシら宮水神社の——。

「それがワシら宮水神社の、大切なお役目。せやのに……」

それから、お祖母ちゃんの柔和な目が悲しげに伏せられる。

「せやのに、あのバカ息子は……。神職を捨て家を出ていくだけじゃ飽き足らんと、政治とはどもならん……」

お祖母ちゃんの溜息に忍ばせて、私も小さく息を吐く。この町が好きなのか嫌いなのか、どこか遠くに行きたいのかそれともずっと家族や友だちといたいのか、私は本当は自分でもよく分からない。鮮やかな色に組み上がった組紐を丸台から外すと、かたりと寂しげな音がした。

夜の神社から流れてくる大和笛《やまとぶえ》の音は、例えば都会のヒトなんかからしたらちょっとしたホラーなんじゃないかなと私は思う。ナントカ村殺人事件とか、ナントカ家の一族とか、そういう不吉な出来事の舞台みたいなイメージで。そして私も、もうスケキヨでもジェイソンでもなんでもいいからいっそ殺してぇ楽にしてちょうだいーくらいの暗い気持ちで、さっきから巫女《みこ》舞いを舞っている。

毎年この時期に行われる宮水神社の豊穣《ほうじょう》祭の主役は、不幸にして私たち姉妹である。この日にはぱりっとした巫女装束を着て、真っ赤な口紅を塗りじゃらじゃらした頭飾りまでつけて、神楽殿《かぐらでん》に立ち聴衆の前に出て、お祖母ちゃんに仕込まれた舞いを舞う。火事で意味が失われたという、二人が対になった舞いだ。それぞれにカラフルな紐が下がった鈴を持って、しゃらんしゃらんと鳴らし、くるりくるりと回り、ふわりふわりと紐をたなびかせる。さっき回った時には視界の隅にテッシーとサヤちんの姿も見えて、あいつらあれだけ言ったのに来やがって巫女パワーで呪ってやる、ＬＩＮＥの呪いスタンプ送りまくってやる、とさらに気持ちが落ち込んだ。とはいえ、嫌なのはこの舞いではないのだ。これはこれでちょっと恥ずかしくはあるけれど、子どもの頃からのことなのでまあすっかり慣れている。これじゃなくて、大人になるほど恥ずかしさがつのるあの儀式。この後しなければならないアレ。女子に対する辱めとしか思えないアレ。

あーもー、

やーだーよー！

とか思いつつ体を動かしていたら、すとんと舞いは終わってしまった。ああ。ついに。

もぐもぐもぐ。

もぐ。

もぐもぐもぐもぐ。

私はひたすら米を噛《か》む。なるべくなにも考えないように、味も音も色も感じないように、目をつむってひたすらに噛む。隣では四葉も同じことをしている。私たちは並んで正座をしていて、それぞれの前には台に置かれた小さな升がある。そしてもちろんその先には、老若男女、私たちを見物している聴衆がいる。

もぐもぐもぐ。

もぐもぐ。

ああ、もう。

もぐもぐもぐ。

そろそろ出さなくちゃ。

もぐもぐ。

ああ。

もぐ。

私はあきらめて、目の前の升を取る。口元まで持ってきて、せめてもと千早《ちはや》の裾《すそ》で口元を隠す。

そして。ああ。

私は口をすぼめて、今まで噛んでいた米を升の中に吐き出す。それは唾液《だえき》と混じって、どろりとした白い液体となって口から垂れる。ざわざわざわと、聴衆がどよめいたような気がする。ええええん。私は心の中で泣く。お願い、みんな見ないでー。

口噛み酒だ。

米を噛んで、唾液と混ざった状態で放置しておくだけで、発酵してアルコールになるという日本最古のお酒。これを神さまに供えるのだ。昔は色々な地域で作られていたそうだけれど、二十一世紀になってまでこんなことを続けている神社が果たして他にあるのだろうか。ていうか巫女服でこれってマニアックすぎるわよいったい誰得!?とかぐずぐずと考えつつも、けなげな私はまたひと摑《つか》み米をつまみ、口に入れる。そしてまた嚙む。四葉も涼しい顔で同じことをしている。この小さな升がいっぱいになるまで、私たちはこれを繰り返さなければならない。だら〜……っと、唾液と米を私はまた吐き出す。心の中でまたさめざめと泣く。

ふと、知った声が耳をかすめる。さざ波のような嫌な予感を感じつつ、私はすこしだけ視線を上げる。

——ああ。

思わず神社ごと爆破したくなる。やはりそこには、イケてる派手系クラスメイト三人組。にやにやと私を見つめて、なにやら楽しそうに話している。きゃ〜あたしゼッタイ無理ぃとか、なんかヒワイ〜とか、よく人前でやりよるよな嫁に行けんぜとか、距離的には聞こえるはずのない声までがくっきりと耳に届く気さえする。

卒業したら町を出て、遠くに行こう。

私は強くつよく決心をする。

「お姉ちゃん元気だしないよー。いいにん、学校のヒトに見られたくらい。だいたい、なにがそんなにショックなん？」

「思春期前のお子サマは気楽でええよな！」

私は四葉を睨《にら》みつける。私たちはTシャツに着替え、社務所の玄関を出たところだ。豊穣祭の後、私たち姉妹は今夜の締めくくりとして、お祭りを手伝ってくれた近所のおじさんおばさんたちとの宴会に出席した。お祖母ちゃんがホステスで、私と四葉はお酌や話し相手が役目だ。

「三葉ちゃんいくつになったの？　え、十七！　そうかあ、こんな若くて可愛い子にお酌してもらっちゃあおじちゃん若返ってまうなあ」

「もうガンガン若返っちゃってください！　ほらもっと飲んで飲んで！」

ほとんどヤケクソ気味に接待して、ぐったりと疲れ切り、子どもはそろそろ帰っていいからとようやく解放されたところなのだ。お祖母ちゃんたち大人は、まだ社務所で宴会継続中である。

「四葉、あんたさっきの社務所での平均年齢、知っとる？」

境内《けいだい》の参道はすっかり明かりが消えていて、涼しげな虫の音があたりいちめんに響いている。

「知らん。六十歳くらい？」

「私、台所で計算してみたの。七十八歳やよ、七十八歳！」

「ふうん」

「そしてうちらがいなくなった今、あの空間は九十一歳やよ！　なんかもう大台やよ、人生最終ステージやよ、社務所ごと冥界《めいかい》からお迎えが来るかもやよ！」

「んんー……」

　したがって早急にこの町から脱出すべきだと私は言いたいのだけれど、姉の必死の訴えにも、四葉の反応はそっけない。なにか別のことを考えている様子で、しょせんお子サマに姉の苦悩は伝わらないんだと、私はあきらめて空を見上げる。ぎらぎらと満天の星が、地上の人生とはいかにも関係なさそうに超越的に輝いている。

「……そうや！」

　神社の長い石段を並んで降りている時に、突然に四葉が声を上げる。隠されていたケーキを見つけたみたいに得意げな表情で、四葉は言う。

「お姉ちゃん、いっそ口嚙み酒をいっぱい作ってさ、東京行きの資金にしたら！」

　一瞬、私は言葉に詰まる。

「……あんたって、すっごい発想するな」

「生写真とメイキング動画とかつけてさ、『巫女の口噛み酒』って名前とかつけてさ！　きっと売れるわ！」

九歳でこの世界観、大丈夫かしらと心配になりつつ、四葉なりに私のことを心配してくれてたんだと思い至り、ああやっぱり可愛いなとちょっと愛《いと》おしくなる。よしいっちょ真面目に検討してみようかな口噛み酒ビジネス。……あれ、お酒って勝手に売っていいんだっけ？

「ねえ、どうお姉ちゃんこのアイデア？」

「うーん……」

うーん。やはり。

「やっぱダメ！　酒税法違反！」

あれ、そういう問題やっけと自分で思いつつ、気づけば私は駆け出している。いろんな出来事や感情や展望や疑問や絶望がないまぜになって、胸が爆発しそうになっている。一段飛ばしに階段を駆け下り、踊り場の鳥居の下で急ブレーキをかけ、喉《のど》いっぱいに夜の冷気を送り込む。胸の中のぐちゃぐちゃを、その空気でもって私は思いきり吐き出す。

「もうこんな町いやや ー！　こんな人生いややー！　来世は東京のイケメン男子にしてくださーい！」

さーい。さーい。さーい。さーい……

夜の山にこだました私の願いは、眼下の糸守湖に吸い込まれるようにして消えていく。反射的に口にした言葉のあまりのくだらなさに、私の頭は汗と一緒にすーっと冷えていく。

ああ、それでも。

神さま、本当にいるならば。

どうか——。

神さまが本当にいるならば、それでもなにを願えば良いのか、私は自分でも分からないのだった。

第三章　日々

知らないベルの音だ。

まどろみの中でそう思った。目覚まし？　でも、私はまだ眠いのだ。ていうかまだ寝よう。目をつむったまま、布団の脇に置いたはずのスマフォを手で探る。

あれ？

私はさらに手を伸ばす。もうウルサいなーこのアラーム。どこに置いたっけ……。

「——痛っ！」

どしん、と背中が思いきり床にぶつかる。どうやらベッドから落ちてしまったらしい。いてて……って、え？　ベッド？

ようやく目を開けて、私は上半身を起こした。

あれ？

ぜんぜん知らない部屋。

に、私はいる。

私、昨日どこかに泊まったっけ？

「……どこ？」

と呟《つぶや》いたとたん、喉《のど》の妙な重さに気づく。反射的に手をやる。硬く尖《とが》った喉に、指が触れる。「んん？」とふたたび漏らした声が、やけに低い。視線を体に落としてみる。

……ない。

見覚えのないＴシャツはお腹まですとんとまっすぐに落ちていて、ない。

おっぱいが、ない。

そして、やけに見通しの良い下半身のその真ん中に、なにかがある。おっぱい不在の違和感を覆すくらいの強烈な存在感を、それは放っている。

……これ、なに……？

そろりそろりと、私はその部分に手を伸ばしてみる。全身の皮膚と血液が、その一点にぎゅーっとひっぱられている。

……これって。……これって、もしかして部位的に。

…………………。

…………。

……。

手が触れる。

あやうく気を失いそうに、私はなる。

誰、この男？

知らない洗面所の鏡に映った知らない顔を、私はじっと見つめている。眉《まゆ》にかかるくらいの、無造作と造作の6：4くらいを狙ったようなちょっとチャラい髪型。頑固そうな眉と、でもちょっとヒトの良さそうな大きめの瞳《ひとみ》。保湿の概念とは無縁そうな荒れた唇、硬そうな首筋。すっと見晴らしの良い薄い頬の片側にはなぜか大きな絆創膏《ばんそうこう》が貼ってあって、恐るおそる触ってみると、鈍い痛みが走る。

——でも。痛いのに、目が覚めない。喉がからからに渇いている。私は蛇口をひねって、両手に溜《た》めた水道水を飲む。それは不快にぬるくて、プールの水みたいに薬くさい。

「タキ、起きたかー？」

突然遠くから男性の声がして、きゃっ、と私は小さく悲鳴を上げてしまう。タキ？

「……お前、今日メシ当番だっただろ？　寝坊しやがって」

リビングらしき部屋をこわごわ覗《のぞ》くと、スーツ姿のおじさんがちらりと私を見て、すぐに視線を食器に戻しながらそう言った。

「す、すみません！」

反射的に謝ってしまう。

「俺、先に出るからな。味噌汁《みそしる》あるから、飲んじゃってくれ」

「あ、ハイ」

「遅刻でも、学校はちゃんと行けよ」

おじさんはそう言いながら手早く食器を重ねて小さな台所に下げ、入り口で固まっている私をすり抜けて玄関まで行き靴を履き、ドアを開け、外に出て、ドアを閉めた。

トンビがひと鳴きするくらいの、あっという間だった。

「……へんな夢」

と私は声に出してみる。あらためて部屋を見回す。壁中に、橋とかビルとか建築物の写真やデザイン画が貼ってある。床には雑誌や紙袋や段ボールが無造作に散らかっていて、まるで老舗《しにせ》旅館みたいにきっちりした宮水家（それはお祖母ちゃんのおかげだけれど）に比べると、なんだか無法地帯といった印象。間取りはずいぶん狭く、これはたぶんマンションの一室だ。私の夢にしては出典不明だけれど、ずいぶんリアリティがあるなあと感心してしまう。なにげにイマジネーション豊かなのね私。将来美術系とかもアリかな。

ぴろりん！

まるでツッコミみたいなタイミングで、廊下の奥で着信音が響いた。ひっ、と息を呑《の》み、私は慌ててベッドのあった部屋に駆け戻る。シーツの脇にスマフォが落ちていて、その画面には短いメッセージ。

もしかしてまだ家か？　走ってこい！　ツカサ

え、なになに？　誰よツカサって⁉

とにかく学校に行かなきゃいかんのねと、私は部屋を見渡す。窓の脇に吊《つる》された男物の制服が目に留まり、手に取ったところで、さらなる緊急事態に私は気づく。

ああ、なんてことなの……！

……私、トイレに行きたい……。

どっはあぁぁぁー、と、私は全身が崩れ落ちるくらいのため息をつく。

男の体っていったいなんなのよ⁉

なんとかトイレはクリアしたものの、怒りでまだ体が震えている。おしっこをしようとすればするほど、なんとか指で方向を定めようとすればするほど、排尿困難な形状になっていくってのはどういうコトなんよ⁉　アホなの、バカなの⁉　それともこの男がヘンなの⁉　あーん、私、まだ見たこともなかったのに！　はばかりながらこれでも巫女《みこ》なのにー！

あまりの恥辱にぎゅっとうつむいて涙をこらえながら、いやこらえきれずに実際に何粒か涙をこぼしちゃいながら、制服に着替えた私はマンションのドアを開けた。とにかく出かけよう、と顔を上げる。

──すると。


目を、奪われた。

私は、眼前の風景に。

息を呑んだ。

私が立っているのは、たぶん高台にあるマンションの廊下。

眼下には大きな公園のような緑が、たっぷりと広がっている。空は色むらのまったくない、鮮やかなセルリアンブルー。その青と緑の境目に、まるでとっておきの折り紙を丁寧に並べたみたいに、大小のビル群がずらりと並んでいる。その一つひとつには微細で精巧な窓が編み目のように刻印されていて、ある窓は青を映し、ある窓は緑に染まり、ある窓は朝日をきらきらと反射している。遠くに小さく見える赤い尖塔《せんとう》や、どこかクジラを思わせるような丸みを持った銀色のビル、一枚の黒曜石から切り取ったみたいな黒く輝くビル、そういういくつかの建物はきっと有名で、私にも見覚えがある。遠くにオモチャのような自動車が、列をなして整然と流れている。

それは想像していたよりも——いや、考えてみれば私は真剣にその姿を思い描いたこともなかったのだけれど——、テレビや映画で見るよりもずっとずっとうるわしい、日本でいちばん大きな街の景色だった。私はなんだかじんと胸をうたれながら、

——東京だ。

と、呟いた。

世界があんまりに眩《まぶ》しくて、私は太陽を見る時みたいに、息を吸いながら目を細める。

「ねーねーこれどこで買ったの？」「レッスン帰りに西麻布《にしあざぶ》の」「あいつら次のライブの前座でさ」「なあ今日部活サボって映画でも」「今夜の合コンに代理店のリーマンが」な、なにこの会話？　このヒトたちほんとに現代日本の高校生？　Ｆａｃｅｂｏｏｋのセレブの投稿読み上げてるだけとか？

私はドアに半分隠れるようにして、教室を観察しながら中に入るタイミングをうかがっている。スマフォのＧＰＳを頼りにそれでも迷いまくりながらようやく学校に辿《たど》りついた時には、キンコンカンコンとお昼のチャイムが鳴っていた。

それにしても、この校舎も——壁全面のガラス窓に打ち放しのコンクリート、丸い窓のついたカラフルな鉄のドア、これって世界万博会場とかなのでは？　というくらい異様にお洒落《しゃれ》だ。立花瀧《たちばなたき》とかいうこの男は、私と同じ歳でこんな世界に生きているのか。私は生徒手帳で確認したコイツの名前と、証明写真の涼しげな表情を思い浮かべる。なんかちょっとムカつく。

「たーきっ！」

「っ！」

突然に背中から誰かに肩を抱かれて、声にならない悲鳴を私は上げた。見ると、眼鏡で委員長風の（でもさっぱりと洗練された）男の子が、前髪が触れあうくらいの距離でにっこりと笑っている。きゃーちょっと誰か、人生で最接近男子なんですけどこのヒト！

「まさか昼から来るとはね。メシ行こうぜ」

そう言ってこの眼鏡男子は、私の肩を抱いたまま廊下を歩き出す。ちょっとちょっと、くっつきすぎだってば！

「メール無視しやがって」と怒ったふうでもなく彼は言い、あ、と私は思い至る。

「……ツカサ、くん？」

「はは、くん付け？　反省の表明？」

なんと答えて良いか分からず、私はとりあえずすすす、と、彼の腕から体を離した。

「……迷ったぁ？」

高木《たかぎ》、と呼ばれている大柄で人の良さそうな男子が、呆《あき》れ顔を隠さずに大声で言う。

「お前さあ、どうやったら通学で道に迷えんだよ？」

「えーと……」と私は口ごもる。私たちは広い屋上の隅っこに三人で座っている。今は昼休みのはずだけれど、夏の日差しを避けてか周囲には人はまばら。

「えーと、あの、私……」

「ワタシ？」

高木くんと司《つかさ》くんが、怪訝《けげん》そうに顔を見合わせる。しまった、今、私は立花瀧なんだ。

「あ、その、ええと……あ、わたくし！」

「んん？」

「僕！」

「はあ？」

「……俺？」

うむ、
と、怪訝そうな表情ながらも二人はうなずく。なるほど、「俺」ね。心得た！

「……俺、楽しかったんやよ。なんかお祭りみたいににぎやかやね、東京って」

「……なんか、お前なまってない？」と高木くん。

「ええ！」なまってるの？　私はボッと赤くなる。

「瀧、弁当は？」と司くん。

「えええ！」持ってきてないよ！

汗をだらだら流しながら学生鞄《かばん》を確認する私を見て、「熱でもあんのか？」と二人は面白そうに笑う。

「司、お前なんかある？」「卵サンド。お前のそのコロッケ挟もうぜ」

ほらよ、と即席に出来上がった卵コロッケサンドを、そして二人は私に手渡してくれる。私はじーんと感動してしまう。

「ありがとう……」

無言でにっと笑う二人。男子がこんなにスマートで優しいなんて……！　ああダメよ三葉、二人同時に好きになったりしちゃ！　いやまあなんないけど。とにかく東京ってやっぱりすごすぎる！

「でさ。今日の放課後、もういっかいカフェ行かねえ？」

そう言った高木くんの口にご飯が運ばれていくのを、思わず私は凝視する。

「ああ、いいね」と言ってペットボトルの水を飲む司くんの喉《のど》が、滑らかに動いている。え、なに、今どこに行くって……

「カフェ、瀧は？　行くだろ？」

「え！」

「だからカフェ」

「か、か、カフェえええー⁉」

二人の眉間《みけん》のシワが深くなるのも構わず、私はテンションの上昇を抑えられずに叫んでしまう。今こそ、バス停カフェのリベンジよ！


アイドル風の服を着せられた小型犬が二匹、ちょこんと籐椅子《とういす》に座って、あめ玉みたいな瞳《ひとみ》で私を見つめながら千切れそうな勢いで尻尾《しっぽ》を振っている。テーブルとテーブルの間隔はやけにゆったりとしていて、なんと半分くらいの客が外国人で、なんと1／3がサングラスをかけていて3／5が帽子をかぶっていて、スーツ姿は一人もおらず全員職業不詳だ。

なにこの場所？　いい大人が平日の陽も高いうちから犬連れてカフェ⁉

「天井の木組みがいいね」「ああ。やっぱ手がかかってんなあ」

そんな超絶お洒落空間で司くんと高木くんはまったく臆《おく》するふうもなく、笑顔で内装の感想なんかを語り合っている。どうもこの子たちは建築物に興味があってカフェ巡りをしているらしい。なにその趣味⁉　男子高校生の趣味って『ムー』とかじゃないの⁉

「瀧、決まった？」

司くんにうながされ、私は店内観察を中断しどっしりと重い革表紙のメニューに目を落とす。

「……！　こ、このパンケーキ代で、俺一ヶ月は暮らせるんですけど！」

「いつの時代のヒトだよ、お前は」と高木くんが笑う。

「うーん……」

私はしばし悩み、あ、そうだ、夢だったと気づく。じゃ、ま、いいか。お金も立花瀧のだし。好きなの食べよっと。

はあぁー、いい夢ー……。

マンゴーとかブルーベリーとかにどっかりと囲まれた要塞《ようさい》、といった風情の重量級パンケーキを食べ終えて、私は深く満足してシナモンコーヒーをすする。

ぴろりん。

ポケットのスマフォが鳴る。……なんか、怒りマークが多用されたメッセージが。

「……わ！　ねえ、どうしよう、俺バイト遅刻だって！　なんか上司みたいなヒトが怒ってる！」

「あれ、お前のシフト、今日だっけか」と高木くん。「じゃ、早く行ったら」と司くん。

「うん！」私は慌てて立ち上がる。あ、でも……。

「……どうした？」

「あのぉ、私のバイト先って、どこだっけ？」

「……はあぁぁ？」

呆れるを通り越して、なんだかキレ気味の二人。だって私この男のことなんにも知らないんだってば！

「ねえちょっと注文までですか？」

「瀧！　十二番テーブルオーダー取ってこい！」

「これ、頼んでませんけど」

「瀧！　トリュフは品切れだって言ったろ!?」

「お会計までですかー？」

「瀧、そこ邪魔だどけ！」

「瀧、てめえ真面目にやれ！」

「瀧！」

そこは、これまた大変に敷居の高そうなイタリアンレストランだった。

吹き抜けの二階建てで、ピカピカのシャンデリアが吊《つ》り下がっていて、映画で見たようなおっきなプロペラが天井でゆったりと回転している。立花瀧は蝶《ちょう》ネクタイ姿のウェイターをやっており、そして夕食時のその店はもう、地獄みたいな忙しさだった。

私は注文を間違え、配膳《はいぜん》を間違え、お客に舌打ちされ、シェフに怒鳴られながら、濁流に流されるみたいにして右往左往し続けている。ていうか私ここ初めてなんですけど！　ていうかアルバイト自体やったことないし！　ていうかこれ端的に悪夢じゃん！　あーんもう、ほんとにこの夢いつ覚めるのよぉ!?　なにもかもアンタのせいだ立花瀧め！

「——ちょっと。ちょっとそこのお兄さん」

「え、あ、はい！」

私はその声の主をちょっと通り過ぎてしまってから、慌てて振り向く（「お兄さん」じゃ分かんないっつーの）。

うわ。開襟シャツに金色のネックレスをして何本もごっつい指輪をはめた、とても分かりやすくチンピラ風の男の人だ。あ、でもこんな感じのヒト、私の町の隣の市くらいまで行けば駅前とかにけっこういるな。他の芸能人みたいなキラキラしたお客さんたちより、ちょっと親近感かも。薄い笑みが貼りついた声で、その人は私に言う。

「ピザにさ、楊枝《ようじ》が入ってたんだけど」

「え？」

チンピラさんがつまみ上げたバジルピザの最後の一切れには、断面に「刺したよー」という感じで爪楊枝《つまようじ》がぷすりと刺さっている。冗談を言われているのかもしれない。どう応じれば良いのかと戸惑っていると、固定されたような笑みのままチンピラさんが言う。

「これ、喰《く》っちゃったら危ないよね？　俺が気づいたから良かったけどさあ。……どうすんの？」

「え……」

ご自分で刺したんですよね？　とは、さすがに言っちゃいけない気がする。私は曖《あい》昧《まい》な笑顔を作る。と、反対に彼の笑顔がするりと消えた。

「どうすんのって訊《き》いてるんだけど⁉」

ガシャン！　膝《ひざ》でテーブルを蹴《け》り上げて突然に怒鳴る。店のざわめきが瞬間冷凍されたみたいにぴたりと止み、私の体も固まってしまう。

「──お客さま！　どうかなさいましたか？」

現れた女性に、私の体は押しやられた。彼女はちらりとこちらを見て、「ここはいいから！」と小声で言う。後ろから別の人に腕を摑《つか》まれ、私は引きずられるようにその場から離された。見るとそれは先輩らしき男性ウェイターで、「お前、今日おかしいぞ？」と心配顔だ。「──それは大変失礼いたしました！」とチンピラさんに向かって深く頭を下げる女性の姿が、目の端に映る。店のざわめきが、ボリュームつまみを回すみたいにして再び戻ってくる。

芝刈り機みたいにでっかい業務用掃除機を、私は床にかけている。店の営業がようやく終わり、シャンデリアの明かりは落とされて、全てのテーブルからクロスは剝《は》がされ、ある人はグラスを磨き、ある人は冷蔵庫の在庫をチェックし、ある人はレジカウンターのパソコンを操作している。

そして私を助けてくれたあの女性はテーブルを一つひとつ拭《ふ》いていて、私はさっきから、話しかけるタイミングをつかめずにいる。緩くウェーブのかかった長い髪が横顔から目元を隠していて、表情が読めない。でも、艶《つや》やかなグロスの唇は優しげな微笑の形だ。手脚がすらりとしていて腰がきゅっと細くてでもおっぱいが大きくて、なんだかすごく格好いい。その誇らしげなおっぱいに乗っかったネームプレートに「奥《おく》寺《でら》」と書かれているのを、私は通りすがりに捉《とら》える。よし！

「――奥寺さん」

と思い切って声に出したところで、後ろからコツンと頭を小突かれた。

「先輩だろうが！」冗談めかした声色で、私を小突いた男の人はメニューの束を片手に厨房《ちゅうぼう》に戻っていく。なるほど先輩なのね。よっしゃ！

「あの、奥寺先輩！　さっきは……」

「瀧くん。今日は災難だったね」

先輩が振り向いて、まっすぐに私の目を見て言う。ばっちーんと天井に向かってカールした長い睫毛《まつげ》、美女の見本みたいなアーモンド型の瞳《ひとみ》、背中をくすぐる色っぽい声。好きです！　と反射的に告白したくなる。頬がちょっと赤くなってきちゃうのを感じて、私はあわてて目を伏せる。

「あ、いえ、災難っていうか……」

「あいつ、絶対言いがかりだよ。マニュアル通りタダにしてやったけどさ」

さして怒っているふうでもなく、先輩は雑巾《ぞうきん》をくるりと裏返しにし、別のテーブル拭きに取りかかる。あの、と話の続きをしようとすると、

「きゃっ、奥寺さん！」

と、別のウェイトレスさんが声を上げた。

「そのスカート！」

「え？」

上半身をひねって自分のお尻《しり》を見おろした奥寺先輩の顔が、みるみる赤くなった。よく見ると太腿《ふともも》の上あたりで、スカートがざっくり横に裂かれている。えっ、と小さく悲鳴をあげて、先輩はエプロンの前掛けを回して裂け目を隠す。

「怪我してないか？」「ひでえな、あの客か？」「なんか前もあったよね、こういうこと」「嫌がらせ？」「あいつの顔覚えてるか？」

何人かの従業員が先輩の周囲に集まってきて、心配そうにそんな話をする。先輩はじっとうつむいたまま。私は言いかけの言葉を口の中に入れたまま、ばかみたいに突っ立っている。奥寺先輩の肩が、すこし震えている。涙がすこしだけ、彼女の目元に盛り上がるのが見えたような気がする。

今度は私が助けなきゃ。

弾《はじ》かれるように私は思い、気づいたら、先輩の手を掴んで歩き出していた。おい、瀧てめえ！　と背中に聞こえる声も無視して。

緑は原っぱ。オレンジは花と蝶々《ちょうちょ》。もう一つくらいモチーフが欲しい。茶色は――、うん、ハリネズミに。クリーム色はその鼻。

スカートの裂け目をつまんで、私はすいすいとかがり縫いをしていく。更衣室の裁縫箱にはなぜか刺繍糸《ししゅういと》が何色かあったから、この際ちょっと凝った修繕に。お祖母ちゃんに鍛えられた私にとって、針仕事は得意中の得意だ。

「できました！」

ささっと五分ほどで仕上がったスカートを、私は奥寺先輩に渡した。

「……え、これって……」

私に更衣室に連れてこられて、なんだか不審げで不安そうだった先輩の表情が、みるみる驚きに変わる。

「すごい！　ねえ瀧くんすごい！　これ、前よりも可愛い！」

スカートの切れ目は十センチくらいの横一直線だったから、私はその部分を縫い合わせつつも、原っぱで遊ぶハリネズミのスケッチにしたのだ。スカートはダークブラウンだから小さな装飾はワンポイントになるし、先輩みたいなきりっとした美人には可愛らしいモチーフがかえって似合うと思って。雑誌のモデルみたいだった先輩の整った美人顔が、近所のお姉さんみたいにぐっと身近なものに、笑うとなった。

「今日は助けていただいて、ありがとうございました」

やっと言えた。

「ふふ」

先輩は、大きな瞳を柔らかく細める。

「――ホントはね、私あの時、ちょっと心配だったのよ。瀧くん、弱いクセに喧嘩《けんか》っぱやいから」

自分の左頰を細い指でとんとんとたたきながら先輩は言う。あ。と、私は立花瀧の顔に貼られている絆創膏《ばんそうこう》の理由を、なんとなく理解する。

「今日のきみのほうがいいよ」と、ちょっといたずらっぽく先輩は言う。

「意外に女子力高いんだね、瀧くんって」

ずっきゅーんと、私の心臓が跳ね上がる。それは手持ちのなにもかもを無償で差し出したくなっちゃうような最強の笑顔で、今日東京で目にしたものの中でいちばん尊いと、私は思った。

帰りの黄色い電車は、すいていた。

今になって、東京は様々な匂いに満ちていることに私は気づく。コンビニ、ファミレス、すれ違う人、公園脇、工事現場、夜の駅、電車の中、ほとんど十歩ごとに匂いが変わった。人間っていう生き物は集まるとこんなに濃い匂いを出すんだと、私は今まで知らなかった。そしてこの街には、目の前を流れるこの窓の明かりのぶんだけ、人の生活があるのだ。視界の果てまで並ぶ建物、目も眩《くら》むようなその数に、まるで山脈みたいなその圧倒的な重量に、私の心はなんだかざわめく。

——そして立花瀧もまた、この街に住む一人なんだ。私は電車の窓ガラスに映った男の子に、そっと手を伸ばしてみる。ちょっとムカついたりもしたけれど、まあ嫌いじゃない顔かも。大変な一日を共に乗りきった戦友みたいな親しみを、私はこの男の子に感じはじめている。それにしても——。

「それにしても、我ながらホントに良く出来た夢やなー……」

帰宅した私は、今朝目覚めたベッドにふたたび身を投げ出した。

ねえねえこんな夢を見たんやよ、ちょっとすごくない？　そんなふうに、明日テッシーとサヤちんに話してあげよう。どう、まるで見てきたみたいなこの想像力！　私たぶん漫画家とかになれてまうな、いや絵はちょっと苦手だから小説家とかなら楽勝か？　たぶんけっこう稼げるで、みんなで東京でルームシェアとかしちゃう？

そんなことをにやにやと想像しながら、私は仰向《あおむ》けになって、なんとなく立花瀧のスマフォを手に取り、すいすいと指で覗《のぞ》いてみる。あ、このヒト日記なんかつけてる。

「9/7　司たちとKFC喰《く》う」「9/6　日比谷《ひびや》にて映画」「8/31　建築巡り・湾岸編」「8/25　バイト給料日!」

見出しをスクロールさせてさかのぼりながら、「マメな子やねえ」と思わず私は感心してしまう。それから写真ロールをタップ。風景写真がほとんどで、その次に司くんたちとの写真が多い。一緒にラーメン食べたり公園に行ったり、仲良いんだな。牛丼屋、駅のおそば屋、お洒落《しゃれ》なハンバーガー屋。学校の帰り道、ビルの谷間の夕焼け、友だちの後ろ姿、見上げた空には飛行機雲。

「いいなあ、東京生活」

そう呟《つぶや》くと、あくびがひとつ出た。そろそろ眠いかもと思いつつ、次の写真。

「あ、奥寺先輩」

先輩がレストランの窓を拭《ふ》いているその写真は後ろ姿で、こっそり隠し撮りした雰囲気だ。次の一枚では、気づいた先輩がこちらを向いて笑顔でピースをしている。

……もしかしてこの子、奥寺先輩が好きなのかも。ふと、私はそう思う。でもきっと片想いなんだろうな。先輩は大学生、高校生男子なんてぜんぜん子どもだ。

私はベッドから体を起こし、日記アプリで今日のエントリーを作成してみる。そして今日一日、私が体験した出来事を入力し始める。いろいろ失敗もしたけれど、最後には奥寺先輩と仲良くなったこと。バイトの帰り道、店から駅までを一緒に歩いたこと。そんな全部を、私は立花瀧に報告してあげたいような自慢したいような気持ちで日記に綴《つづ》る。書き終えて、もう一度あくびをする。するとふと、

お前は　誰だ?

国語のノートのあの落書きを、なぜか私は思いだした。私の姿になった立花瀧が糸守町の私の部屋で、眠る前にあの文字を書いている。そんな姿が、なんとなく目に浮かぶ。へんな想像。でもそれは妙な説得力を持っている。私は机の上のマジックを手に取り、自分の手のひらに

みつは

と書いた。

ふわーあ……。

三回目のあくび。さすがに、今日は疲れた。虹色《にじいろ》のシャワーを浴び続けてたみたいに、カラフルでわくわくした一日だった。BGMなんてかけなくたって、世界はずっと輝いていた。自分の手に書かれた文字に驚く立花瀧を想像してみて、ちょっと笑いながら、私は眠りに落ちていった。

＊　＊　＊

「……なんだ、これ？」

俺は自分の手のひらを見ながら、思わず声に出した。

手のひらの文字から視線を落とすと、しわになった制服とネクタイ。……着替えもせずに寝たってことか？

「──な、な、なんだこれ!?」

今度は、叫んでしまった。朝食の席で、親父はそんな俺にちらりと目をやったが、速やかに無関心となり茶碗《ちゃわん》に戻る。俺は愕然《がくぜん》としつつスマフォを凝視する。覚えのない日記が、長々と書かれている。

……そしてバイト帰り、駅までの道を奥寺先輩と二人きりで歩きました！　ぜんぶ私の女子力のおかげ♡

「瀧、今日もカフェ行かね？」

「あー悪い、俺、このあとバイト」

「ははっ、行き先は分かるのか？」

「はあ？　……あっ、司てめえ、もしかしてお前か？」

俺は反射的に声を荒らげる。ていうかむしろコイツの仕業であってほしい。だが、司の怪訝《けげん》な表情が違うと告げている。他人が手間暇かけてこんないたずらをする理由なんてない、自分でもそれは分かっているのだ。

俺は椅子から立ち上がりながら、渋々と言う。

「……いや、やっぱいいや。じゃあな」

教室を出ていく俺の背中に、あいつ今日はフツウじゃん？　という高木の声が届く。

ぞわりと足元が寒くなる。なにか妙なことが、俺の身に起きている。

「……な、なんすか？」

バイトの制服に着替え更衣室のドアを開けると、行く先を塞《ふさ》ぐようにして先輩たちが三人立っていた。社員さん一人に大学生のアルバイト二人、皆男性で、充血したような涙ぐんだような、とにかく不吉な目つきで俺を睨《にら》んでいる。ごくりと生唾《なまつば》を飲んだ俺に、先輩たちはドスの利《き》いた声で言う。

「……てめえ瀧、抜け駆けしやがって」「説明しろコラ」「昨日お前ら一緒に帰っただろ」

「え……、え、まさかマジで⁉　俺が？　奥寺先輩と⁉」

てことは、あの日記は現実⁉

「お前ら、あれからどうなった⁉」

「いや、あの……俺、ほんとによく覚えてないんすよ……」

「ふざけんなよコラ」

胸ぐらを摑《つか》まれそうになったところで、涼しげな声がホールに響いた。

「奥寺、入りまーす」

長い素足とトップスから露出した肩をぴかぴかと振りまきながら、奥寺先輩がやって来た。編み上げのサンダルを気持ち良く鳴らしつつ、俺たちにも笑顔で挨拶《あいさつ》してくれる。

「おっつかれ〜」

「ちわっす!」

この店のアイドル的存在である先輩の眩《まぶ》しさの前に、俺たち男四人は思わず声を揃える。一瞬トラブルを忘れかける。と、奥寺先輩がくるりと振り返り、俺を見た。

「今日もよろしくね。ね、瀧くん」

語尾にハートマークがついていそうな甘さで先輩は言い、ばっちーんと音がしそうなウィンクをし、ドアの向こうに消えていった。俺は熱湯を頭からかぶったように真っ赤になる。あまりのことに、今すぐ店中のグラスをぴかぴかに磨いてやりたくなる。

「……おい、瀧」

地の底から響くような男たちの暗い声に、俺ははっと我に返る。

——やべえ。先輩たちからの慟哭《どうこく》めいた追及を受けながら、俺は考える。

これはいったい、どういうことなんだ? 皆で示し合わせて俺をからかっている?

まさか。俺の知らないうちに、俺はなにをしでかしたんだ?

「みつは」って、いったいなんなんだ？

ちゅんちゅんと、鳥さんたちが今朝も元気に鳴いている。障子越しに差し込む朝日も生まれたての清潔さで、いつもと変わらぬ平和な朝だ。それなのに、目覚めたばかりの私の手には、苛立《いらだ》ちそのものをぶつけたみたいな見慣れぬ筆跡がある。

みつは？？？　お前はなんだ？　お前は誰だ？？？？

極太のマジックで乱暴に、手のひらから肘《ひじ》までにでかでかと書きつけてある雑な文字。

「お姉ちゃん、なにそれ？」

見ると、四葉が襖《ふすま》を開けて立っている。こっちが訊《き》きたいわよ、という表情を私はする。まあどうでもいいけどさ、という顔を妹は作る。

「今日は自分のおっぱい触っとらんのやな。ご・は・ん！　早よ来ない！」

ぴしゃり、と襖を閉めるいつも通りの姿を、私は布団に座ったまま見送った。え、おっぱい？　今日は触ってない？　はあ？　ふと、自分のおっぱいを嬉《うれ》しそうに揉《も》んでいる私の姿が目に浮かぶ。……そ、それじゃまるっきりヘンタイじゃん！

「おはよー」

そう言いながら教室に入ったとたん、クラスメイトたちの視線が一斉に私に向いた。ひっ、と私は小さく息を呑《の》む。な、なに？　小さくなりながら窓際の席まで歩く私に、ひそひそと囁《ささや》きが届く。宮水、昨日カッコよかったよな。ちょっと見直したわ。でもあいつ、なんか性格変わってね？

「な、なんか視線を感じるんやけど……」

「まあ、しょうがないやろ。昨日のアレは目立ったもんなあ」とサヤちん。

席に座りながら問う私の顔を、サヤちんが不思議そうに心配そうに覗《のぞ》き込んだ。

「昨日のアレ？」

――ほら、昨日の美術の時間、静物スケッチで。え、やっぱりまた覚えとらんの、三葉ほんとに大丈夫？　私と三葉は同じグループで、花瓶とりんごっていう例の意味不明モチーフを描いとったのね。なのに三葉は勝手に風景スケッチなんてしとってさ、まあそれはいいんやけど、後ろで松本《まつもと》たちがまたいつもの陰口を言っとったんよ。

――え、聞きたい？　うーん、ほら、町長選の話。え、詳しく？　だから、町政なんて助成金をどう配るかだけやで誰がやったって同じやとか、でもそれで生活してる子もおるしなとか、そんなくだらない話。で、それを聞いたあんたが、「あれって私のことだよね？」って訊いたんやさ、私に。そうやと思うよって、そりゃ訊かれたら答えるやろ。そしたら三葉、あんたなにしたと思う？　マジで覚えてないの？　あんた、松本たちに向かって花瓶の載った机を蹴《け》り倒したんやよ！　しかもニヤリって笑いながら！　松本たちびびっちゃって、花瓶は当然割れるし、クラス中静まりかえるし、ていうか私もぞっとしたんやでね！

「な……な……。なんよそれ？」

私は青ざめる。授業が終わり、ダッシュで家に帰る。居間で呑気《のんき》にお茶なんか飲んでいた四葉とお祖母ちゃんを尻目《しりめ》に階段を駆け上り、自分の部屋に籠《こ》もり、古典のノートを開く。「**お前は　誰だ？**」の文字。さらにページをめくる。ぞわ、と全身が粟立《あわだ》つ。同じ筆跡で、見開きページいっぱいに細かな文字が書かれている。まず、大きく「**宮水三葉**」の文字。その周囲にはたくさんのハテナと、私の個人情報の数々。

2年3組／テシガワラ♂・友人・オカルトマニア・バカだがいい奴／サヤカ♀・友人・大人しくてちょっと可愛い

祖母と妹のヨツハと三人暮らし／ど田舎／父は町長／巫女《みこ》をやってる？／母は亡くなってるっぽい／父親別居／友だち少なめ／胸はある

そしてひときわ大きく、「**この人生はなんなんだ？？**」の文字。

震えながらノートを見つめる私の頭に、うっすらともやが昇るみたいに、東京の風景がゆらめく。カフェ、アルバイト、男友達、誰かと歩いた帰り道……。

私の心の隅っこが、あり得っこない結論の尻尾《しっぽ》をつかむ。

「これって……これってもしかして」

「これって、もしかして本当に……」

俺は部屋に籠もり、信じられない思いでスマフォを凝視している。さっきから指先が、半分誰かのものになってしまったみたいに勝手に震えている。その指で、俺は日記アプリのエントリーを辿《たど》る。自分の書いた日記に挟み込まれるようにして、覚えのない見出しがいくつもある。

初♡原宿表参道《はらじゅくおもてさんどう》パニーニざんまい！／お台場《だいば》水族館に男子二人と♡／展望台巡りとフリーマーケット♡／お父さまの仕事場訪問♡霞ケ関《かすみがせき》！

俺の頭の片隅が、ありえないはずの結論の尾をつかむ。

もしかして──。

俺は夢の中でこの女と──

私は夢の中であの男の子と──

入れ替わってる!?

＊　　＊　　＊

山の端から朝日が昇る。湖の町を、太陽の光が順番に洗っていく。朝の鳥、昼の静寂、夕の虫の音、夜空の瞬き。

ビルの間から朝日が昇る。無数の窓を、太陽が順番に光らせていく。朝の人波、昼のざわめき、カタワレ時の生活の匂い、夜の街の煌《きら》めき。

俺たちは、そのひとときひと時に、なんども見とれる。

そして私たちは、だんだんと理解する。

立花瀧——瀧くんは、東京に住む同じ歳の高校生で、

ど田舎暮らしの宮水三葉との入れ替わりは不定期で、週に二、三度、ふいに訪れる。

トリガーは眠ること、原因は不明。

入れ替わっていた時の記憶は、目覚めるとすぐに不鮮明になってしまう。まるで明《めい》晰《せき》な夢を見ていた直後みたいに。

それでも、俺たちは確かに入れ替わっている。なによりも周囲の反応がそれを証明している。

そして、これは入れ替わりの体験なんだと意識するようになってからは、夢の記憶もすこしずつキープできるようになってきた。例えば今では目覚めている時間でも、

瀧くんという男の子が東京に暮らしているんだと、私には分かっている。

どこかの田舎町に三葉という女が暮らしているのだと、今では俺は確信している。理由も理屈も分からないが、妙な実感がある。

そして私たちは、お互いにコミュニケーションを始めた。入れ替わった日は、スマフォに日記やメモを残し合うという方法で。

メールや電話も試してみたが、なぜかどちらも通じなかった。でもとにかく、コミュニケーションの方法があったのは幸運だった。俺たちにはお互いの生活を守ることが必要なのだ。だから、俺たちはルールを決めた。

〈瀧くんへ　禁止事項その1〉
お風呂《ふろ》ゼッタイ禁止
体は見ない・触らない
座るとき脚を開かないように
テッシーと必要以上に仲良くしないで。彼はサヤちんとくっつけるべき
その他の男子には触るな
女子にも触るな

〈三葉へ　禁止事項Ver．5〉
無駄遣い禁止だって前も言ったよな？
学校・バイトに遅刻するな、いいかげん道を覚えろ
訛《なま》るな
お前こっそり風呂入ってない？　なんかシャンプーの香りが……
司とベタベタするな誤解されるだろアホ
奥寺先輩と馴《な》れ馴れしくするな頼むから

——それなのに、と、三葉の残した日記を読みながら、俺は今日も歯ぎしりをする。
私は瀧くんの日記を読みながら、むかむかむかと腹が立って仕方がない。まったく
まったく本当に、

あの男は……！
あの女

バスケの授業で大活躍した⁉　私そういうキャラじゃないんだってば！　しかも男子の前で飛んだり跳ねたりしてるですって⁉　胸も腹も脚もちゃんと隠せってサヤちんに叱られたわよ！　男子の視線、スカート注意、人生の基本でしょう⁉

◀

三葉てめえ、ばか高いケーキとかドカ喰《ぐ》いしてんじゃねえよ！　司たちが引いてるだろう、ていうかそれ俺の金だろうが！

◀

食べてるのは瀧くんの体！　それに私だってあのお店でバイトしてるし！　それより瀧くんバイト入れすぎだよ、ぜんぜん遊びに行けないいじゃない。

◀

お前の無駄遣いのせいだろ！　それから婆ちゃんとの組紐《くみひも》作り、あれ俺には無理だって！

◀

帰り道、奥寺先輩と二人でお茶したよ！　おごってあげようとしたら、逆におごられちゃいました。先輩ったら、「高校卒業したらご馳走《ちそう》してね」だって！　「約

束します」とクールに答えておきました。君たちの仲は順調だよ、私のおかげで♡

◀てめえ三葉、なにしてくれてんだ！　俺の人間関係勝手に変えるなよ！

◀ちょっと瀧くん、このラブレターなに!?　なんで知らない男子に告白とかされてんの!?　しかも「考えとく」って返事したですって!?

◀はは。お前って、自分のスペック全然活《い》かせてないよな。俺に人生預けたほうがモテるんじゃね？

◀うぬぼれないでよね、彼女もおらんくせに！

◀お前だっていねえじゃねえか！

私は、
俺は、いないんじゃなくて作らないの！

＊　＊　＊

三葉のベルの音だ。

てことは、今日も田舎暮らしだ——まどろみの中で、俺はそう思った。やった。放課後にテシガワラと進めているカフェ作りの続きが出来る。そうだ、それから——

俺は布団から上半身を起こし、体を見おろす。

このところ、三葉のパジャマはやけに厳重になった。以前はノーブラにだぼっとしたワンピースだったのに、今朝はきつめの下着にボタンでかちっと閉じられたシャツ姿である。いつ起きるか分からない入れ替わりに警戒しているのだ。まあ、気持ちは分かる。分かるけれど。

俺は胸に手を伸ばす。今日はこれが俺の体で、自分の体に触るくらいなんの問題もないはずだと、いつものように俺は思う。いや。しかし、でも……。

　俺は手を止め、小さく呟《つぶや》く。

「……あいつに悪いか」

　がらり、と襖《ふすま》が開いた。

「……お姉ちゃん、ほんとに自分のおっぱい好きやな」

　それだけ言って、ぴしゃりと襖を閉める妹の姿を、俺は胸をもみながら見送った。

　……いいよな、服の上から、ちょっとくらい。


「お祖母ちゃあん。なんでうちのご神体はこんなに遠くにあるのぉ？」

　四葉がうんざりしたように声を上げる。俺たちの前を歩く婆ちゃんが、背中で答える。

「繭五郎のせいで、ワシにも分からん」

　マユゴロー？

「……誰？」隣を歩く四葉に、俺は小声で訊《き》く。

「え、知らんの？　有名やよ」

　有名？　田舎の人間関係はよく分からん。

宮水家の女三人、俺と婆ちゃんと四葉は、もう小一時間ほども山道を歩き続けている。なんでも、今日は山の上のご神体へ捧《ささ》げ物を持っていく日なのだそうだ。つくづく、こいつらって昔話的世界に生きているんだなと俺は感心してしまう。

太陽を透かしたカエデの葉群れが、染めたように赤い。空気はからりと乾いていて、気持ちのいい風には枯れ葉の匂いがたっぷりと含まれている。十月。この町はいつの間にか、もうすっかり秋なのだ。

そういえばこの婆ちゃん、いくつなんだろうな。

俺は目の前の小さな背中を眺めながら考える。こんな山道でも和服姿で、意外にも健脚で、でも腰は絵に描いたように折れ曲がっているし杖《つえ》もついている。年寄りと暮らした経験のない俺には、彼女の年齢もコンディションも見当がつかない。

「ね、婆ちゃん!」

俺は駆け出し、婆ちゃんの前で膝《ひざ》をつき、背中を差し出した。この小柄な婆ちゃんが三葉たちを育て、いつも美味《うま》い弁当を詰めてくれているのだ。

「おぶらせて。良かったら」

おや、ええんかい?　そう言いながらも嬉《うれ》しそうに、婆ちゃんが俺の背中に体重を預けてくる。遠い昔に誰かの家でかいだような不思議な匂いがぷんとする。一瞬、以前にもこんな瞬間があったような、不思議なあたたかな気持ちになる。婆ちゃんはすごく軽い。

「婆ちゃん、すげえ軽――うわっ」

立ち上がった瞬間に重みで俺《みつは》の膝がかくんと折れて、ちょっとお姉ちゃん！　と文句を言いつつ四葉がとっさに支えてくれた。そういえば三葉の体も、けっこう薄くて細くて軽かった。こんなんで生きてるって不思議だな、と俺はなんだかじんとする。

「三葉、四葉」

背中で婆ちゃんがゆったりとした声を出す。

「ムスビって知っとる？」

「ムスビ？」

俺のリュックを腹に抱えた四葉が、隣で訊き返す。木々の隙間の眼下には、丸い湖の全体が見えている。ずいぶん高く登ってきたのだ。婆ちゃんを背負って登り続けて、三葉《おれ》の体は汗だくだ。

「土地の氏神《うじがみ》さまのことをな、古い言葉で産霊《むすび》って呼ぶんやさ。この言葉には、いくつもの深いふかーい意味がある」

神さま？　唐突になんの話だ？　でも、まんが日本昔話みたいな婆ちゃんの声には不思議な説得力がある。知っとるかい？　とふたたび婆ちゃんは言う。

「糸を繋《つな》げることもムスビ、人を繋げることもムスビ、時間が流れることもムスビ、ぜんぶ、同じ言葉を使う。それは神さまの呼び名であり、神さまの力や。ワシらの作る組紐《くみひも》も、神さまの技、時間の流れそのものを顕《あらわ》しとる」

川のせせらぎが聞こえる。どこかに沢があるのかもしれない、と俺は思う。

「よりあつまって形を作り、捻《ねじ》れて絡まって、時には戻って、途切れ、またつながり。それが組紐。それが時間。それが、ムスビ」

透明な水の流れを、俺は考えるともなく想像する。石にぶつかって分かれ、他と混じり、また合流し、全体としてはひとつに繋がったもの。婆ちゃんの言葉の意味はさっぱり解らないけれど、なにかとても大切なことを、俺は知ったような気持ちになる。ムスビ。目が覚めてもこの言葉は覚えておこう。あごから落ちる汗がやけに大きな音で地面に落ち、乾いた山に吸い込まれていく。

「ほら、飲みない」

木陰で小休止。婆ちゃんが水筒を手渡してくれる。

砂糖を溶かしこんだだけの、甘い麦茶だった。それなのに驚くくらい美味くて、俺は二杯続けて飲んでしまう。なあ私も！　と、四葉がねだる。今まで口にした飲みもので、これがいちばん美味いかもしれない。

「それも、ムスビ」

「え？」

水筒を四葉に手渡しながら、木の根元に座り込んでいる婆ちゃんを思わず見る。

「知っとるか。水でも、米でも、酒でも、なにかを体に入れる行いもまた、ムスビと言う。体に入ったもんは、魂とムスビつくで。だから今日のご奉納はな、宮水の血筋が何百年も続けてきた、神さまと人間を繋ぐための大切なしきたりなんやよ」


いつの間にか樹木は途切れ、眼下でスケッチブックくらいのサイズになった湖の町は半分が雲に覆われている。見上げた雲には厚みがなく透明に輝くようで、強い風に溶けながらみるみる遠くまで流されていく。周囲は苔《こけ》だけの岩場だ。山頂まで、ついに来たのだ。

「なあなあ、見えたよ！」

はしゃぐ四葉に追いついて、彼女の視線を辿《たど》る。その先に、山の頂上をえぐるようにして、カルデラのようなグラウンド大の窪地《くぼち》がある。窪地の内部は緑に覆われた湿原で、その中央付近には一本の大きな樹が立っている。

想像もしていなかった風景に、俺は目を見張った。

里からは決して見えない、これはまるで天然の空中庭園だ。田舎っていちいちすげえ。

「ここから先は、隠り世《カクリヨ》」

婆ちゃんが言う。俺たちは窪地の底に降りていて、目の前には小さな小川が流れている。巨木はその先だ。

「かくりよ？」俺と四葉が声を合わせる。

「隠り世、あの世のことやわ」

あの世。婆ちゃんのその昔話ボイスは、まるで冷風のように俺の背中を撫《な》でる。すこしだけ足がすくむ。霊峰というかパワースポットというかセーブポイントというか、確かにこの世ならざる雰囲気が、この場所には漂いまくっているような気がする。

……踏み入れたら帰れない、なんてことないだろうな。

「わーい、あの世やあ〜！」

しかし四葉は歓声を上げながら、バシャバシャと小川をまたいでいってしまう。ガキはすげえな、ばかで元気で。まあ天気も良いし風も小川も穏やかだし、こんなんでビビってちゃ恥ずかしいかもしれない。俺は婆ちゃんが濡《ぬ》れないように手を取って、岩を足場に小川を渡った。

「此岸《しがん》に戻るには」ふいに神妙な調子で、婆ちゃんが口を開いた。「あんたたちの一等大切なもんを引き換えにせにゃいかんよ」

「ええっ！」俺は思わず声を上げた。

「ちょ、ちょっと婆ちゃん、渡り終えてから言わないでよ！」

俺の抗議に、婆ちゃんは目を細めて笑う。欠けた歯がのぞいて余計に怖いんですけど。

「怖がらんでもええ。口噛《くちか》み酒のことやさ」

出しんさい、と婆ちゃんにうながされ、俺と四葉はリュックからそれぞれ小瓶を取り出す。よく神棚なんかに置いてある、瓶子《へいし》だ。白いぴかぴかの陶器で、直径五センチほどの球形に末広がりの台座がついている。蓋《ふた》が組紐で封印されていて、ちゃぷんと液体が揺れる音がする。

「あのご神体の下に」と言って、婆ちゃんが巨木を見る。

「小さなお社《やしろ》がある。そこにお供えするんやさ。その酒は、あんたたちの半分やからな」

——三葉の、半分。

俺は手の中の瓶を見る。あいつが米を嚙んで作ったという口嚙み酒。この体と米がムスビついて出来た酒。それを俺が奉納する。いがみ合っていた相手からのパスでゴールを決めてしまったような気恥ずかしさと妙な誇らしさを感じながら、俺は大樹に向かって歩いていった。

本物のひぐらしの鳴き声を、もしかして俺は初めて聞いたかもしれない。なぜこれがひぐらしだと分かるのかと言えば、夕方の効果音として映画やゲームでお馴染《なじ》みだからだ。カナカナカナという切なげな鳴き声は、実際には周囲360度からまんべんなく響いてきて、映画よりも余程映画らしい。

バサバサと大きな音をたて、ふいに目の前の茂みからスズメの群れが飛び立った。鳥は木にいるものと思い込んでいた俺はぎょっとするが、四葉は追いかけたりくるくると回ったりして、楽しそうだ。だいぶ山里に近づいてきたのか、夕食時の匂いがかすかに風に混じっている。人間の生活の匂いってこんなにくっきりと分かるものなのかと、俺はまたすこし驚く。

「もう、カタワレ時やなあ」

一日の行事を終え、宿題から解放されたようなすっきりとした声で四葉が言う。四葉も婆ちゃんも、スポットライトみたいな夕陽に真横から照らされていて、なんだか出来すぎた絵画のようだ。

「……わあぁ！」

眼下に見えはじめた山里の風景に、俺は思わず息を漏らした。湖を取り囲む三葉の町の、それは全景だった。町はすでに青い影の中にすっぽりと飲み込まれていて、でも湖だけがぽっかりと空の赤を映している。あちこちの斜面に、ピンク色の夕もやが湧き立ちつつある。人家からは夕餉《ゆうげ》の煙が何本も狼煙《のろし》のように、細く高くたなびいている。町の上空を舞うスズメが、放課後の埃《ほこり》みたいにランダムにきらきらと輝いている。

「そろそろ彗星《すいせい》、見えるかな？」

四葉が夕陽を手のひらでさえぎりながら、空を探している。

「彗星？」

そういえば朝食時のテレビで、そんな話題をやっていたと俺は思い出す。数日前から、肉眼でも見えるほどの距離に彗星が近づいていること。今日は日没直後に、金星の斜め上を探せばその光を見つけられるだろうということ。

「彗星……」

もう一度、俺は声に出している。なにかを忘れているような気が、ふいにする。目を細め、俺も西の空を探す。それはすぐに見つかる。ひときわ明るい金星の上に、青く光る彗星の尾がある。なにかが記憶の底から出たがっている。

そうだ、以前も、俺は、

この彗星を

「おや、三葉」

気づくと、婆ちゃんが覗《のぞ》き込むように俺を見上げている。黒く深い目玉の底に、俺の影が映っている。

「——あんた今、夢を見とるな？」

！

唐突に、

目を覚ました。

跳ね上げたシーツが、ベッドの下に無音で落ちる。心臓が肋骨《ろっこつ》を持ち上げるくらい激しく動いている、はずなのに、自分の心音が聞こえない。おかしい——と思ったとたん、すこしずつ血流が聞こえはじめる。窓の外の朝のスズメ、車のエンジン、電車の響き。自分がどこにいるのかをようやく思い出したように、耳が東京を捉《とら》え始める。

「……涙？」

頬に触れた俺の指先に、水滴がのっている。

なぜ？　理由が分からず、手のひらで目元をぬぐう。さっきまでの黄昏《たそがれ》の景色も、婆ちゃんの言葉も、そうしているうちに水が砂に染みるようにして消えていく。

ぴろりん。

枕元でスマフォが鳴る。

もうすぐ着くよー。今日はよろしくね♡

奥寺先輩からのＬＩＮＥだ。

着く？　なんのことだ……？　と、俺はハッとする。

「まさかまた三葉が！」

慌ててスマフォを操作し、三葉からのメモを見る。

「デートォ!?」

俺はベッドから飛び起き、全速力で身支度をした。

明日は奥寺先輩と六本木《ろっぽんぎ》デートだよ！　四ツ谷《よつや》駅前待ち合わせ、十時半。私が行きたいデートだけど、もし不本意にも瀧くんになっちゃったとしたら、ありがたく楽しんでくること。

待ち合わせ場所は、さいわいに近所だった。全速で走ってきたおかげで約束までまだ十分ほどあると、俺は息を整えながらスマフォで確かめる。先輩はまだ来ていないかもしれない。休日の午前中とはいえ、駅前はそれなりに賑《にぎ》わっている。

俺は汗をぬぐい、ジャケットの襟を整え、三葉のアホ、と三回呟《つぶや》いてから念のために先輩の姿を探し始めた。……あの奥寺先輩とデート？　しかも俺なにげに初デートじゃねえか。アイドルみたいな女優みたいなミス日本みたいな奥寺先輩と初デートなんて、ハードルめちゃくちゃ高すぎなんですけど。今からでも頼むから交代してくれよ三葉のアホ！

「たーきくん！」

「うわあっ！」

背後からの突然の声に、俺は情けない声を上げてしまう。慌てて振り向く。

「ごめん、待った？」

「待ってません！　あ、いや、待ちました！　あ、いえ、」

なにこの質問⁉　待ったと答えれば申し訳ない気持ちにさせるかもしれず、待っていないと言えば遅刻と捉えられるリスクが発生するじゃないですか。ああ正解はどっちだ。

「ええと、その……」

俺は焦りながらも顔を上げる。目の前に、奥寺先輩が微笑んで立っている。

「……！」

俺は目を大きく開く。黒のミュール、白のフレアミニ、黒のオフショルダー。モノトーンの服装からは肩や脚が眩《まぶ》しく露出していて、いくつかの金色のアクセサリーが肌の魅力を注意深く封印するみたいに配置されている。白い小さな帽子には、モカ色の大きなリボンがついている。

ものすごく垢《あか》抜けていて、ものすごく、綺麗《きれい》だった。

「……今、来たとこっす」

「良かった！」と、屈託なく先輩が笑う。

「いこっか」

腕を取られる。……ああ、今一瞬、一瞬だけだけど、腕に胸が触れたんですけど。今すぐ街中のガラス窓を磨いてあげたい気分に、俺はなる。

「会話が、ぜんっぜん続かねえ……」

しかしトイレの中、鏡に頭を叩《たた》きつけたい気分で、俺は深くふかくうなだれている。

デート開始から三時間、俺はすでに人生マックスに疲れ切っていた。まさか自分にここまで対女性スキルがないとは思いもしなかった。いや、違う。違うと思いたい。なんの準備もなしに俺をこの状況に放り込んだ三葉が悪い。そしてなによりも、先輩が綺麗すぎるからいけないのだ。

なんせ、すれ違う人全員が、口をぽかんと開けて先輩を見るのだ。それから横を歩く俺をじろりと見て、どうしてこんなガキがという顔になる。すくなくとも俺にはそう見える。そりゃそうだ。俺だって分不相応だと知っている。ていうか俺が誘ったんじゃないんすよ！　片っ端から肩を掴《つか》んで言い訳してまわりたくなる。だから俺は、なにを喋《しゃべ》れば良いのかさっぱり分からなくなってしまう。空気を読んで先輩から話しかけてくれるけれど、俺はそれがいたたまれなくて、ますます上手《うま》く言葉を継げなくなる。悪循環だ。
ちくしょお三葉、お前先輩と普段どんな会話してんだよ!?
救いを求めるように、俺はスマフォを開いて三葉からのメモを見る。

……とはいえ、どうせ君はデートなんかしたことないでしょう。
だから以下、瀧くんのために厳選リンク集をそろえてあげました！

「うお、マジか！」
なんだよこいつ神じゃねえか！　俺はすがるようにリンクを開く。

Ｌｉｎｋ１：コミュ障のワイが恋人ＧＥＴした件
Ｌｉｎｋ２：人生で１ミリもモテたことがない、そんな君のための会話術！
Ｌｉｎｋ３：もうウザイと思われない！　愛されメール特集

……なんか俺、あいつにすげえ舐《な》められてる気がするんですけど……。

美術館を、俺はようやくすこしホッとした気分で歩いている。

「郷愁」と名付けられた写真展にはとりたてて興味もないけれど、喋らなくても不自然じゃないという空間がありがたいのだ。奥寺先輩は俺の二メートル先を、写真を眺めながら余裕の表情でゆっくりと歩いている。

富良野《ふらの》、津軽《つがる》、三陸《さんりく》、陸前《りくぜん》、会津《あいづ》、信州《しんしゅう》……地域ごとに展示エリアが分かれていて、しかしそのどれもが似たような田舎の風景に、俺には見える。正しい写真の見方なんて俺には分からないけれど——背景が山なのか海なのか夏なのか冬なのか、違いはせいぜいその程度だ。家も駅も道も人も妙に似ていて、そもそも日本の田舎ってどこにいってもこんな景色なんだろうなと俺は思う。これならば、たとえば「渋谷と池袋」とか「赤坂《あかさか》と吉祥寺《きちじょうじ》」とか「目黒《めぐろ》と立川《たちかわ》」とか、東京の中の方がずっと街に個性がある。

飛騨《ひだ》、と書かれたエリアで、しかし足がひとりでに止まった。

ここは、他と違う。

いや、やはり似たような写真ばかりなのだけれど、俺はここを知っている。山の形、道のカーブ、湖のスケール、鳥居の佇《たたず》まい、畑の配置。散らばった体育館シューズの中でもなぜか自分の靴だけはすっと見つけられるみたいに、俺には自然に分かる。ガキの頃、夏休みに毎年遊びに行っていた親戚《しんせき》の田舎のような——実際にはそんな経験はないはずなのに、奇妙で強烈な既視感が、この場所にはある。ここは——

「瀧くん？」

声に目を向けると、先輩が俺の隣にいた。存在を、一瞬忘れていた。

瀧くんってさ、と、整った微笑で先輩が言う。

「今日は、なんだか別人みたいね」

くるりと、まるでモデルのように美しくターンして、先輩は俺を置いて歩き出す。

失敗した。

今日一日、俺は気の進まない課題を嫌々こなすようにして、三葉の立てたデートコースをただ辿《たど》っただけだった。言い訳ばかりを考え続けて、一緒にいる先輩の気持ちを想像もしなかった。俺が先輩を誘《みつは》ったはずなのに。俺だって本当は、先輩と過ごせて嬉《うれ》しいはずなのに。こんな奇跡みたいな日がいつか来ることを、ずっと願っていたはずなのに。

歩道橋からは、さっきまでいた六本木のビル群がまっすぐに見えた。無数の窓が夕日を反射して金色に輝いている。無言で歩く先輩の背中に、俺は目を戻す。

ぴかぴかの髪も、おろしたてみたいに見える帽子も服も、すくなくとも今日だけは、俺に見せるためのものだったのかもしれない。そう考えると胸が詰まった。急に酸素が薄くなったみたいに、息が苦しくなる。海面に必死に手を伸ばすみたいにして、俺はなんとか言葉を探す。

「あの、先輩」

奥寺先輩は振り向かない。

「……ええと、腹へりませんか？　どこかで晩飯とか――」

「今日は解散にしようか」

優しげな教師みたいな口調でそう言われ、

「はい」

とっさに間抜けな言葉を発してしまった。やっと振り向いた先輩の表情は、夕陽に紛れてよく見えない。

「瀧くんって……違ってたらごめんね？」

「はい」

「君は昔、私のことがちょっと好きだったでしょう」

「えええ！」バレてた⁉　なんで⁉

「そして今は、他に好きな子がいるでしょう？」

「ええええええ！」

熱帯雨林にワープさせられたみたいに、どっと汗が噴き出てくる。

「い、いませんよ！」

「ほんと？」

「い、いないっす！　ぜんぜん違いますっ！」

「ほんとかなあ？」

先輩が疑い深げに俺の顔を覗《のぞ》き込む。他に好きな子？　そんなのいないだろ、いないはずだ。一瞬だけあいつの長い髪と胸の柔らかさが頭をよぎったけれど、すぐに消えた。

「ま、いいや」

さっぱりと明るい口調でそう言って、先輩の顔が遠ざかる。

「え？」

「今日はありがと。またバイトでね」

ひらりと手を振って、それから先輩はあっさりと、俺を置いて歩き出す。俺はとっさに口を開く。閉じる。もう一度開く。それでも言葉は出てこなくて、そうしているうちに先輩の背中は歩道橋を降り、駅前の人波に消えていった。

夏の端っこに一人取り残されたような気分で、俺は夕陽を眺めている。歩道橋の下は車がまったく途切れなくて、ずっと聞いていると、なんだか川にかかった本物の橋にいるような気がしてくる。雑居ビルの給水塔に、懐中電灯のような弱々しい夕陽が隠れていく。なにかを取り戻すみたいな熱心さで、俺はその一部始終をじっと見つめる。

すべきことはもっと他にあるような気もするけれど、具体的にはなにも思いつかないのだ。ただ三葉の町に、早くまた行きたかった。三葉になることは、三葉と話すことでもあった。俺たちは入れ替わりながら、同時に特別につながっていたのだ。体験を交換していたのだ。ムスビついていたのだ。三葉にならば、今日の出来事だって話せると俺は思う。だから君はモテないのよとか、そもそもお前が勝手な約束をするから悪いんだとか、軽口を叩《たた》き合いたかった。

スマフォのメモを開く。三葉からのメモの続きがある。

デートが終わるころには、ちょうど空には彗星《すいせい》が見えるね。
きゃ～もうロマンチック、明日が楽しみ♡
私になっても瀧くんになっても、デートがんばろうね！

彗星？

空を見上げてみる。夕焼けの名残はすでになく、一等星がいくつかと、ジェット機がかすかな音を立てて飛んでいるだけだ。あたりまえだけれど、彗星なんてどこにもない。

「なに言ってんだ、こいつ？」

俺は小さく口に出した。そもそも目で見えるような彗星が来ているならば、結構なニュースになっているはずだ。三葉のなにかの勘違いかもしれない。

ふと、胸の裏側がざわりとうずく。

なにかが、頭から出たがっている。

スマフォを操作し、三葉の携帯番号を表示する。十一桁《けた》のその番号を、じっと見る。入れ替わりが起きはじめた頃、何度かけてもなぜか繋《つな》がらなかった番号。その番号に、指で触れる。発信音が鳴る。そして、スマフォから声が聞こえる。

お客さまのおかけになった電話番号は、現在使われていないか、電源が入っていないか、電波の届かない範囲にいるため……

スマフォを耳から離し、終了アイコンを俺は押す。
やはり電話は通じないのだ。まあいい。散々だった今日の結果は、次に入れ替わった時に伝えればいい。彗星のことも訊《き》いてみよう。明日か明後日にはどうせまた入れ替わるのだ。俺はそう考えながら、ようやく歩道橋を降りた。頭上にはのっぺりと薄い半月が、誰かの忘れ物のようにぽつんと置かれていた。

でもこの日以降もう二度と、俺と三葉との入れ替わりは起きなかった。

第四章　探訪

鉛筆を、ひたすらに動かす。

炭素粒子が、紙の繊維に吸着していく。描線が重なり、白かったスケッチブックがしだいに黒くなっていく。それなのに、記憶の中の風景は未《いま》だ捉《とら》えきれない。

通勤ラッシュの中、毎朝電車に乗って学校に行く。退屈な授業を聞く。司たちと弁当を食べる。街を歩き、空を見上げる。いつの間にか、空の青がすこし濃くなっている。街路樹がすこしずつ色づきはじめている。

夜の部屋で、俺は絵を描く。机には図書館から借りてきた山岳図鑑が積まれている。スマフォで飛騨の山並みを検索する。記憶の中の風景とマッチする稜線《りょうせん》を探す。それを、なんとかして紙に写し取ろうと鉛筆を動かし続ける。

アスファルトの匂いの雨が降る日。羊雲が輝く快晴の日。黄砂混じりの強い風が吹く日。毎朝、混んだ電車に乗って学校に行く。バイトにも通う。奥寺先輩と同じシフトの日もある。俺はなるべく彼女をまっすぐに見て、きちんと笑顔を作り、普通に話す。誰に対してもフェアでありたいと、強く思う。

まだ真夏のように蒸す夜もあれば、もう肌寒くてジャージを羽織る夜もある。どういう夜でも、絵を描いていると頭が毛布でも巻かれているみたいに熱くなってくる。汗が大きな音を立ててスケッチブックに落ちる。描線を滲《にじ》ませる。三葉として見てきたあの町の風景が、それでもすこしずつ、像を結びはじめる。

学校帰り、バイト帰りに、俺は電車に乗らずに長い距離を歩く。東京の風景は日に日に変わっていく。新宿《しんじゅく》にも外苑《がいえん》にも四谷にも、弁慶橋《べんけいばし》のたもとにも安鎮坂《あんちんざか》の途中にも、気づけば巨大なクレーンが並び、鉄骨とガラスがすこしずつ空に伸びていく。その先には、半分に欠けたのっぺりした月がある。

そしてようやく、俺は湖の町の風景画を何枚か仕上げる。

この週末、出かけよう。

そう決めて、俺は久しぶりにこわばっていた体から力が抜けていくのを感じる。立ち上がるのもおっくうで、そのまま机にうつぶせる。

眠りに落ちる直前、今日も強くつよく願った。

それなのにまた、三葉にはなれなかった。

＊　＊　＊

とりあえず三日分の下着とスケッチブックを、リュックに詰めた。向こうはすこし寒いかもしれないと、大きなフードのついた厚手のジャンパーを羽織る。いつものようにお守りのミサンガを手首に巻き、家を出た。

普段の通学よりも早い時間とあって、電車は空《す》いていた。だが、東京駅の構内はやはり人で溢《あふ》れている。キャリーバッグを引いた外国人の後に並び、自動券売機でとりあえず名古屋《なごや》までの新幹線の切符を買い、東海道《とうかいどう》新幹線の改札に向かう。

と、俺は思わず自分の目を疑った。

「な……なんでこんなところにいるんすか⁉」

目の前の柱に、奥寺先輩と司が並んで立っている。先輩がにっと笑って言う。

「えへへ。来ちゃった！」

……来ちゃったってちょっと、あんた萌《も》えアニメのヒロインか！

俺は司を睨《にら》みつける。なにか問題でも？　というような涼しい顔で、奴は俺を見返す。

「司てめえ、俺が頼んだのは親へのアリバイとバイトのシフトだろ⁉」

声をひそめて、俺は隣の座席の司に訴える。新幹線の自由席は、ほとんどがスーツ姿のサラリーマンで埋まっている。

「バイトは高木に頼んだ」

さらりと答え、司はスマフォを俺の前にかかげる。まーかせとけ！　と爽《さわ》やかに言いながら、高木が親指を立てている。

「でも、メシおごれよ」とムービーの高木が言う。

「どいつもこいつも……」

俺は苦々しく呟《つぶや》く。司に頼んだのが失敗だった。俺は今日だけ学校をサボり、金土日の三日間、飛騨に行くつもりだった。どうしても知り合いに会わなければいけない用事が出来たから、なにも聞かずに留守中の言い訳に使わせてくれ。そう言って俺は昨日、司に頭を下げたのだ。

「お前が心配で来たんだよ」1ミリも悪びれた様子もなく司が言う。

「放っておけないだろ？　美人局《つつもたせ》とか出てきたらどうすんだ？」

「ツツモタセ？」

なに言ってんだ、こいつ？　眉《まゆ》を寄せた俺を、司の奥に座っている奥寺先輩が覗《のぞ》き込む。

「瀧くん、メル友に会いに行くんだって？」

「はあ？　いやメル友っていうか、それは方便で……」昨夜、誰に会いに行くんだとしつこく食い下がる司に、SNSで知りあった人だと曖昧《あいまい》に答えたのだ。司が先輩に深刻な口調で言う。

「ぶっちゃけ、出会い系かと」

俺はお茶を吹き出しそうになる。

「ちげえよ！」

「お前、最近やけに危なっかしいからな」と、ポッキーの箱をこちらに差し出しながら司が心配そうな顔をする。

「離れて見ててやるから」

「俺は小学生か！」

くってかかる俺を、奥寺先輩が「ははーん」という表情で見ている。このヒトも絶対に誤解している。先が思いやられると、俺は暗い気持ちで思う。まもなくー、なごやー。と、車内放送がのんびりと言う。

三葉との入れ替わりは、ある日突然に起き、突然に終わった。理由はいくら考えても分からなかった。そうやって何週間か経つうちに、あれは単にリアルな夢に過ぎなかったのではないかとの疑念が、次第に膨らんできた。

だが、証拠はあるのだ。スマフォに残された三葉の日記は、到底俺自身の中から出てきた言葉とは思えなかった。奥寺先輩とのデートだって、俺が俺自身だったならば起き得たはずはないのだ。三葉は、確かに実在する少女なのだ。あいつの体温も鼓動も、息づかいも声も、まぶたを透かす鮮やかな赤も鼓膜に届く瑞々《みずみず》しい波長も、俺は確かに感じていたのだ。あれで生きていないのだとしたら、なにも生きていない。そう思えるくらいに、あれは命だった。三葉は現実だった。

だから、その体験が唐突に途切れてしまったことが、俺は妙に不安だった。三葉になにかあったのかもしれない。熱を出したとか、ひょっとしたらなにかの事故とか。

それは考えすぎだとしても、すくなくとも三葉もこの事態を不安に思っていることは間違いない。だから俺は、直接あいつに会いに行くことにしたのだ。したのだが――

「はあ？　詳しい場所は分からない？」

特急『ひだ』の四人がけボックス席で駅弁を頬張りながら、奥寺先輩が呆《あき》れたように言う。

「はあ……」

「手掛かりは町の風景だけ？　その子との連絡も取れない？　なんなのよソレ!?」

勝手についてきたくせに、なぜ俺が責められるのだ。お前なんとか言えよ、という気持ちで俺は司を見る。味噌《みそ》カツを飲み込み、司が言う。

「まったく、呆れた幹事だな」

「幹事じゃねえ！」

思わず怒鳴ってしまう。こいつら完璧《かんぺき》に遠足気分じゃねえか。そんな俺を、先輩と司はそろって「仕方がない子ね」という顔で見ている。ていうかなんで上から目線なんですか。

まあいいわ、と先輩が言う。ふいに笑顔になって、胸を張る。

「安心しなさい瀧くん。私たちが一緒に探してあげるわよ」

「きゃ〜可愛い〜！　ねえ瀧くん、見てみて〜！」

昼も過ぎてからようやく降り立ったローカル線の駅で、地元のゆるキャラを前に先輩が黄色い声をあげている。駅員の帽子をかぶった飛驒牛の着ぐるみで、小さな駅舎には司のスマフォのシャッター音が響きまくっている。

「邪魔だなあ……」

俺は駅舎に掲示された町マップを睨みつつ、こいつらは絶対に役に立たない、と確信を深めた。一人でなんとか探し当てるのだ。

プランは、こうだ。

三葉の町の具体的な場所が分かっているわけではないから、記憶にある風景から「だいたいこのあたりなら遠くはないだろう」という場所まで電車で行く。そこからは、俺の描いた風景スケッチだけが手掛かりとなる。スケッチを地元の人に見てもらい、見覚えがないか聞いて回りつつ、ローカル線に沿ってすこしずつ北上していくのだ。記憶の中の風景には踏切もあったから、鉄道沿いに探していくのは有効なはずだ。計画とも言えないような漠然としたやり方だけれど、他に方法も見つからなかった。それに湖のほとりの町というのはそこまでありふれてはいないはずだ。夜までにはなにかヒントくらいは摑《つか》めるのではないかと、根拠はないけれど自信はあった。俺は気合いを入れて、まずは駅前に一台だけ止まっているタクシーの運転手さんに声をかけるべく、大きく一歩を踏みだした。

「……やっぱり無理か……」

バス停にぐったりと座り込み、俺は深くうなだれている。

聞き込みを始めた時にはぱんぱんにみなぎっていたあの自信は、もうすっかりしぼんでいる。

最初のタクシーにすげなく「うーん、知らん」と言われて以降、交番、コンビニ、土産物屋、民宿、定食屋、農家から小学生にいたるまで、なりふり構わず声をかけたがことごとく成果はなかった。ローカル列車も日中は二時間に一本というすくなさで移動もままならず、ならばバスで聞き込みをと勇んで乗り込んだものの乗客は俺たちだけで、もはや運転手さんに訊《き》いてみる気にもなれず、終点のバス停は見渡す限り人家のない僻地《へきち》だった。この間ずっと、司と奥寺先輩はしりとりとかトランプとかソシャゲとかグミチョコジャンケンとかおやつタイムとか、ひたすら楽しそうに遠足を満喫しており、しまいにはバスの中では俺の両肩に寄りかかり気持ちよさそうに寝息を立てていた。

俺の溜息《ためいき》を耳にして、バス停の前でコーラなどをごくごく飲んでいた先輩と司が声をそろえた。

「ええ、もうあきらめるのかよ瀧⁉」

「私たちの努力はどうなるのよ！」

どっはあぁぁぁー、と、俺は肺ごとこぼれ落ちてしまいそうな深い息をはく。先輩の妙に気合いの入った本格トレッキングファッションと、対照的に近所に散歩に来ただけのような司のごく普通のチノパン姿が、今となっては非常にムカつく。

「あんたたち、1ミリも役に立ってないじゃん……」

アラそうかしら？　というような無垢《むく》な表情を二人はする。

私、高山《たかやま》ラーメンひとつと、
俺、高山ラーメンひとつと、
あ、じゃあ、俺も高山ラーメンひとつ。
「はいよ。ラーメン三丁！」
おばちゃんの元気な声が店に響く。

異様に遠い隣駅までの不毛な道のりの途中、奇跡のように営業しているラーメン屋を見つけ、俺たちはとにもかくにも駆け込んだ。いらっしゃいませ、という三角巾《さんかくきん》をかぶったおばちゃんの笑顔が、遭難中にようやく出会えた救援隊みたいに輝いて見えた。

ラーメンも美味《うま》かった。名前に反してごく普通のラーメンだったけれど（飛騨牛肉でも載っているのかと思ったらチャーシューだった）、麺《めん》も野菜も食べた端から体が充電されていくようで、俺はスープも最後まで飲み干しコップの水を二杯飲んで、ようやく息をついた。

「今日中に東京に戻れるかな？」と俺は司に訊いてみる。

「ああ……どうかな、ギリギリかもな。調べてみるか」

意外だなという顔を司はしたが、それでもスマフォを取り出して帰路の方法を調べ始めてくれる。サンキュ、と俺は言う。

「……瀧くん、本当にそれでいいの？」

まだ食べ終えていない先輩が、テーブルの向かいから俺に問う。どう答えるべきかとっさには分からなくて、俺は窓の外を見る。太陽はまだぎりぎり山の端にひっかかっていて、県道沿いの畑をのどかに照らしている。

「……なんて言うか、ぜんぜん見当違いのことをしてるような気がしてきて」

半ば自分自身に向けて、俺は呟《つぶや》く。東京に戻って、もう一度作戦を立て直した方が良いのかもしれない。写真ならともかく、こんなスケッチから町を探し出すなんてやはり無理があったのかもしれない。スケッチブックを手にとって眺めながら、俺はそんなふうに思い始める。丸い湖を中心にして、ありふれた民家が点在するごく普通の田舎町。描き終えた時はあれほど手応《てごた》えがあったのに、今は単なる匿名的で凡庸な風景に見えてくる。

「それ、昔のイトモリやろ？」

え？　と振り返ると、おばちゃんのエプロンが視界に入った。空になったコップに水を注いでくれている。

「お兄ちゃんが描いたの？　な、ちょっと見せてくれる？」

そう言って、おばちゃんは俺からスケッチブックを受け取る。

「よく描けとるわあ。なあ、ちょっと、あんた！」

厨房《ちゅうぼう》に向かい声を張り上げるおばちゃんを、俺たち三人は口を開けて眺めている。

「ああ、ほんとに、以前のイトモリやな。懐かしいな」

「うちの人、イトモリ出身なんやわ」

厨房から出てきたラーメン屋のオヤジが、目を細めてスケッチに見入っている。

——イトモリ……？

突然に、俺は思い出す。椅子から立ち上がる。

「イトモリ……、糸守町！　そうだ、なんで思い出せなかったんだろう、糸守町です！　そこ、この近くですよね⁉」

夫婦が不思議そうな顔をする。怪訝《けげん》そうに、顔を見合わせる。オヤジが口を開く。

「あんた……知っとるやろ、糸守町ってのは……」

司がふいに声を上げる。

「糸守って……瀧、お前まさか」

「え、それって、あの彗星《すいせい》の⁉」

奥寺先輩までがそう言って俺を見る。

「え……？」

わけがわからず、俺は皆を見回す。全員が、不審げな色で俺を見ている。頭の中からずっと出たがっていたなにかの影が、ざわざわと、不吉な気配を増していく。

ぞっとするくらい寂しげに、トンビの鳴き声が大気にたなびく。

進入禁止のバリケードがどこまでも並び、割れたアスファルトに長い影を落としている。

災害対策基本法によりここから立入禁止。ＫＥＥＰ　ＯＵＴ。復興庁。そんな字面が、蔦《つた》の絡まった看板に並んでいる。

そして俺の眼下には、巨大な力でずたずたに引き裂かれ、ほとんどが湖に飲み込まれた糸守町の姿がある。

「……ねえ、本当にこの場所なの？」

後ろから歩いてきた先輩が、震えるような声で俺に訊く。俺の返事を待たず、司のやけに明るい声が答える。

「まさか！　だからさっきから言ってるように、瀧の勘違いですよ」

「……間違いない」

俺は眼下の廃墟《はいきょ》から目をはがし、自分の周囲をぐるりと見回しながら言う。

「町だけじゃない。この校庭、周りの山、この高校だって、はっきりと覚えてる！」

自身に言い聞かせるために、俺は大声で叫ばなければならない。俺たちの背後には、薄黒く煤《すす》け、所々窓ガラスの割れた校舎が建っている。湖を一望できる糸守高校の校庭に、俺たちはいる。

「じゃあ、ここがお前が探していた町だってことか？　お前のメル友が住んでる町だって？」

乾いた笑いを声に貼りつかせたまま、司が大声を出す。

「そんなわけねえだろ！　三年前に何百人も死んだあの災害、瀧だって覚えてるだろ⁉」

俺はその言葉に、ようやく司の顔を見る。

「……死んだ？」

顔を見たはずが、俺の視線は司をすり抜け、その後ろの高校をすり抜け、どこかに吸い込まれてしまう。俺の目はなにかを見ているはずなのに、なにも見ていない。

「……三年前に──死んだ？」

ふと、俺は思い出す。

三年前、東京の空に見た彗星。西の空に落ちていく無数の流星。夢の景色のように美しいと思った、あの時の昂《たか》ぶり。

あの時に、死んだ？

──だめだ。

認めてはだめだ。

俺は言葉を探す。証拠を探す。

「まさか……だってほら、あいつの書いた日記だってちゃんと」

俺はポケットからスマフォを取り出す。もたもたするとバッテリーが永遠に切れてしまう、そんな意味のない妄想に駆られながら焦って操作して、三葉の日記を呼び出す。日記はちゃんとそこにある。

「……！」

俺は目を強くこする。日記の文字がぞわりと動いたような気が、一瞬したのだ。

「……なっ」

一文字、また一文字。

三葉の書いた文章が、意味の分からない文字に化けていく。やがてろうそくの炎みたいに一瞬またたいて、消える。そうやって、三葉の日記が一つひとつ、エントリーごと消えていく。まるで目に見えない誰かの手が削除アイコンを押し続けているみたいに。そして俺の見ている目の前で、三葉の文章はすべて消えてしまう。

「どうして……」

小さく口に出す。トンビの一鳴きが、高く遠く、また響く。

千二百年周期で太陽を公転するティアマト彗星、それが地球に最接近したのが三年前の十月、ちょうど今頃の季節だった。七十六年ごとに訪れるハレー彗星とは比べものにならないほどの超長周期で、軌道長半径は百六十八億km以上に及ぶという壮大なスケールを持つ彗星の来訪。しかも、予想される近地点は約十二万km、つまり月よりも近くを通過するという。千二百年ぶりに、青く輝く彗星の尾が夜空の半球にわたってたなびくというのだ。ティアマト彗星は、世界的な祝祭ムードの中で迎えられた。

そしてその核が地球の近傍で砕けるのを、その瞬間まで誰も予想できなかった。しかも氷で覆われたその内部には、直径約四十メートルの岩塊がひそんでいたのだ。彗星の片割れは隕石《いんせき》となり、秒速三十km以上の破壊的なスピードで地表に落下した。落下地点は日本——そこは不幸なことに人間の居住地、糸守町だった。

町は、その日がちょうど秋祭りだった。落下時刻は二十時四十二分。衝突地点は、祭りの屋台で賑《にぎ》わっていたであろう宮水神社付近。

隕石落下により、神社を中心とした広範囲が瞬時に壊滅した。家屋や森林の破壊に留《とど》まらず、衝撃により地表ごと大きくえぐられ、直径ほぼ一kmにも及ぶクレーターが形成された。さらに五km離れた地点でも一秒後にはマグニチュード4.8の揺れが伝わり、十五秒後には爆風が吹き抜け、町の広範囲が甚大な被害に見舞われた。最終的な犠牲者は五百人以上にのぼり、それは町の人口の1／3にあたる。糸守町は、人類史上最悪の隕石災害の舞台となったのだ。

クレーターはもともとあった糸守湖に隣接して形成されたため、内部に水が流れ込み、最終的には一つのひょうたん型の湖、新糸守湖となった。

町の南側は比較的被害がすくなかったが、被害を免れた千人ほどの住民についても、その後は町からの転出者が相次いだ。一年を待たずして自治体としての維持が困難となり、隕石落下から十四ヶ月後、糸守町は名実ともに消滅した。

——これはすでに教科書的事実だから、俺だってだいたいのことはもちろん知っていた。三年前、俺は中学生だった。近所の高台からティアマト彗星を実際に眺めたことも覚えている。

だが、おかしい。

つじつまが合わない。

俺はつい先月まで何回も、三葉として糸守町で暮らしてきたのだ。

だから俺が見たのは、三葉の住まいは、糸守町ではない。

彗星と三葉との入れ替わりは、無関係だ。

そう考えるのが自然だった。そう考えたかった。

だが、糸守町近隣にあるこの市立図書館で本をめくりながら、俺はどうしようもなく混乱している。さっきから頭の芯《しん》で、お前が過ごした場所はここなのだと誰かが囁《ささや》き続けている。

『消えた糸守町・全記録』

『一夜にして水に沈んだ郷《さと》・糸守町』

『ティアマト彗星《すいせい》の悲劇』

そんなタイトルのついた分厚い本を、俺は片端からめくる。これらの本に載っている在りし日の糸守町の写真は、どう見ても、俺が過ごした場所なのだ。この小学校は、四葉の通う建物。宮水神社は、婆ちゃんが神主をしているあの神社だ。このだだっ広い駐車場も、二軒並んだスナックも、納屋みたいなコンビニも、山道の小さな踏切も、もちろん糸守高校も、今となってはすべてにくっきりと見覚えがある。あの廃墟の町並みをこの目で見てからは、かえって記憶が鮮明になっている。

息が苦しい。不規則に暴れている心臓が、いつまでも収まらない。

鮮やかな写真の数々に、現実感と空気が無音のまま吸い込まれていくような気がする。

「糸守高校・最後の体育祭」

そう題された写真がある。二人三脚をしている高校生たち。その端っこの二人に、俺は見覚えがあるような気がする。一人は前髪ぱっつんのお下げ髪。もう一人は、オレンジ色の紐《ひも》で髪を結った少女。

空気がさらに薄くなる。

首の後ろにどろりと熱い血が垂れた気がして、手でぬぐうと透明な汗だった。

「――瀧」

顔を上げると、司と奥寺先輩が立っていた。二人は俺に一冊の本を手渡す。分厚い表紙に、箔押《はくお》しの重々しい書体で
『糸守町彗星災害　犠牲者名簿目録類』

と書いてある。俺はページをめくる。犠牲者の名前と住所が、地区ごとに掲載されている。指で辿《たど》る。ページをめくっていく。やがて見覚えのある名前で、指が止まる。

勅使河原《てしがわら》　克彦《かつひこ》　(17)
名取《なとり》　早耶香《さやか》　(17)

「テシガワラと、サヤちん……」

俺の呟《つぶや》きに、司と先輩の息を呑《の》む気配がする。

そして俺は、決定的な名前を見つけてしまう。

宮水　一葉《ひとは》（82）

宮水　三葉（17）

宮水　四葉（9）

二人が、俺の後ろから名簿を覗《のぞ》き込む。

「この子なの……？　絶対なにかの間違いだよ！　だってこの人」

奥寺先輩が、なんだか泣き出しそうな声で言う。

「三年前に、亡くなってるのよ」

俺はその言葉を押し返すために、大声で叫ぶ。

「――つい二、三週間か前に！」

息が苦しい。必死に吸って、続ける。今度は囁きになる。

「彗星が見えるねって、こいつは俺に言ったんです……」

目を、なんとか『三葉』の文字から引き剝《は》がしながら俺は言う。

「だから……！」

顔を上げると、目の前の暗い窓に俺の顔が映っている。お前は誰だと、とっさに思う。頭の奥のずっと遠くから、しわがれた声が聞こえる。おや、あんた——

あんた今、夢を見とるな？

夢？　俺は激しく混乱する。

俺は、

いったい、

なにをしている？

*

*

*

隣の部屋から、宴会の音が聞こえている。

誰かがなにかを言って、どっと笑い声があがり、どしゃぶりのような拍手が響く。さっきから、それが繰り返されている。なんの集まりなのだろうと、耳をすませてみる。しかしどんなに聴いても、単語がひとつも拾えない。分かるのは日本語だということだけだ。

ゴン！　と大きな音がして、気づけば俺は机にうつぶせていた。額を打ったのか、にぶい痛みが遅れてやってくる。もう、くたくたなのだ。

当時の新聞の縮刷版や、週刊誌のバックナンバー。いくら読んでももう文章が頭に入ってこなくなってしまった。スマフォも何度も確かめてみたが、あいつの日記はやはり一つもなかった。痕跡《こんせき》は消えてしまった。

うつぶせたままで、目を開く。数ミリ先にある机を睨《にら》みつけながら、この数時間の結論を口に出してみる。

「全部、ただの夢で……」

俺はそれを信じたいのか、信じたくないのか。

「景色に見覚えがあったのは、三年前のニュースを無意識に覚えていたから。……それから、あいつの存在は……」

あいつの存在は、なんだ？

「……幽霊？　いや……全部……」

全部、俺の、

「……妄想？」

はっとして、顔を上げる。

なにかが、消えている。

——あいつの、

「……あいつの名前、なんだっけ……？」

コンコン。

突然ノックが響いて、薄い木のドアが開いた。

「司くん、お風呂《ふろ》行ってくるって」

そう言いながら、旅館の浴衣《ゆかた》を着た先輩が入ってくる。よそよそしかった部屋が、急に柔らかな空気になる。俺はやけにホッとする。

「あの、先輩」

椅子から立ち、リュックの前にしゃがみ込んでいる先輩に声をかける。

「俺、なんかおかしなことばかり言ってて……。今日一日、すみません」

なにかを丁寧に封印するみたいにリュックのファスナーを閉めて、先輩が立ち上がる。それがどこかスローモーションのように、俺には見える。

「……ううん」

そう言って、かすかな笑みで先輩は首を振る。


「一部屋しか取れなくて、すみません」

「下で司くんにも同じこと言われたわよ」

そう言って、先輩はおかしそうに笑った。俺たちは窓際の小さなテーブルに、向かい合って座っている。

「私はぜんぜん平気。今夜はたまたま団体さんが入っちゃって、部屋が空いてないんだってね。教員組合の懇親会だって、宿のおじさんが言ってたよ」

それから、お風呂上がりに休憩室で梨をご馳走《ちそう》になってきちゃったと、楽しそうに先輩は言う。この人には誰だって、なにかを差し出したくなるのだ。旅館のシャンプーの匂いが、遠い外国の特別な香水のように俺に届く。

「へえ。糸守町って組紐《くみひも》の産地でもあったのね。きれい」

先輩は、糸守町の郷土資料本をめくりながら呟く。俺が図書館から借りてきたうちの一冊。

「私のお母さん時々着物を着るから、うちにも何本かあるのよ。……あ、ねえ」

俺は湯飲みを持った手を止めた。先輩が、俺の右手首を見ている。

「瀧くんのそれも、もしかして組紐？」

「ああ、これは……」

湯飲みをテーブルに置き、自分の手首を俺も見る。いつものお守り。糸というよりはもっと太い、オレンジ色の鮮やかな紐が手首に巻き付けてある。

……あれ？

これは、たしか——

「たしか、ずっと前に、人からもらって……お守り代わりに、時々つけてて……」

頭の芯《しん》が、ふたたびうずく。

「誰に……？」

と俺は呟く。思い出せない。

でも、この紐を辿《たど》ればなにかがある、そんな気がする。

「……ねえ、瀧くんも」

優しげな声に顔を上げると、先輩の心配そうな顔がある。「お風呂、入ってきたら？」

「お風呂……はい……」

でも、俺はすぐに先輩から目を離す。ふたたび組紐を見つめる。ここで手を離せば永遠に届かない。そんな気持ちで、俺は必死に記憶を探る。いつの間にか宴会は終わっている。秋の虫の音が、ひっそりと部屋に満ちている。

「……俺、組紐を作る人に聞いたことがあるんです」

あれは、誰の声だ？　優しくてしわがれていて穏やかな。昔話みたいな。

「紐は、時間の流れそのものだって。捻《ねじ》れたり絡まったり、戻ったりつながったり。それが時間なんだって。それが……」

秋の山。沢の音。水の匂い。甘い麦茶の味。

「それが、ムスビ——」

弾《はじ》かれたように、頭の中に風景が広がった。

山の上のご神体。そこに奉納した、あの酒。

「……あの場所なら……！」

俺は積まれた本の下から地図を引きずり出し、広げる。個人商店で埃《ほこり》をかぶっていた、三年前の糸守町の地図。まだ湖が一つだった頃の地形。酒を奉納したあの場所は、隕石《いんせき》の被害範囲のずっと外だったはずだ。

あの場所まで行ければ。あの場所に、あの酒があれば。

俺は鉛筆を手にとって、それらしい地形を探す。あれは神社よりずっと北側で、カルデラ状の地形だった。それらしい場所がないか、必死で探す。

遠くで先輩の声が聞こえたような気がしたけれど、俺はもう、地図から目を離すことが出来なかった。

……くん。……たきくん。

誰かに、名を呼ばれている。女の声だ。

「たきくん、瀧くん」

泣き出しそうに切実な声。遠い星の瞬きのような、寂しげに震える声。

「覚えて、ない？」

そこで、目が覚めた。

……そうだ、ここは旅館だ。俺は窓際のテーブルにうつぶせて眠っていたのだ。引き戸の向こうから、布団で眠っている司と先輩の気配がする。部屋は異様に静かだ。虫の音も車の音もしない。風も吹いていない。

俺は体を起こす。衣擦《きぬず》れの音が、ドキッとするほど大きく響いた。窓の外は、かすかに白みはじめている。

俺は手首の組紐を見る。さっきの少女の声、その残響が、まだうっすらと鼓膜に残っている。

——お前は、誰だ。

名も知らぬ少女に問いかけてみる。当然、返事はない。

でも、まあ、いい。

奥寺先輩・司へ　どうしても行ってみたい場所があります。
先に東京に帰っていてください。勝手ですみません。後から必ず帰ります。
ありがとう　瀧

とメモに書いて、すこし考えて財布から五千円札を出し、メモと一緒に湯飲みの下に置いた。

まだ会ったことのない君を、これから俺は探しに行く。

無口でそっけないけど、とても親切な人だ。俺は隣でハンドルを握る筋張った手を見ながら、そう思う。

＊　＊　＊

昨日、俺たちを糸守高校まで連れていってくれたのも、市立図書館まで送り届けてくれたのも、このラーメン屋のオヤジだった。今朝も早朝の電話にもかかわらず、頼みを聞いて車を出してくれた。駄目ならヒッチハイクをしてみるつもりだったけれど、誰も住んでいない廃墟《はいきょ》の町まで乗せていってくれる車があるとは、今となってはとても思えなかった。飛騨でこの人と出会えたのは、本当に運が良かったのだ。

助手席の窓からは、新糸守湖の縁が見下ろせた。半壊した民家や途切れたアスファルトが水に浸《つ》かっている。湖のかなり沖合にも、電柱や鉄骨が突き出ているのが見える。異常な風景のはずなのに、テレビや写真で見慣れているせいか、ここは最初からこういう場所だったという気がしてくる。だから眼前にあるこの風景になにを思えばいいのか――怒ればいいのか、悲しめばいいのか、怖がればいいのか、あるいは自分の無力を嘆けばいいのか、よく分からなくなってくる。一つの町が失われるというのは、たぶん普通の人間の理解を超えた現象なのだ。俺は風景に意味を探すのをあきらめ、空を見る。灰色の雲が、神さまが置いた巨大な蓋《ふた》のように頭上にかかっている。

湖に沿うように北上し、もう車ではこれ以上登れないというところまで来て、オヤジはサイドブレーキを上げた。

「ひと雨来るかもしれんな」

フロントガラスを見上げ、ぼそりと言う。

「ここはそう険しい山やないが、無理はしちゃいかん。なんかあったら必ず電話しろ」

「はい」

「それから、これ」

そう言って、大きな弁当箱を突きつけるように差し出してくる。「上で喰《く》え」

思わず両手で受け取ると、ずっしりと重い。

「あ、ありがとうございます……」

なにからなにまで。どうして俺なんかにこれほど親切に。あ、そうだラーメンすげえ美味《うま》かったです。どの言葉も思うように口から出てこなくて、スミマセン、と小さく言えただけだった。オヤジはすこしだけ目を細め、煙草を取り出し、火を点《つ》けた。

「あんたの事情は知らんが」そう言って煙を吐き出す。

「あんたの描いた糸守。あらあ良かった」

ふいに胸が詰まる。遠雷が、小さく鳴った。


獣道のような頼りない参道を、俺は歩いている。

時折立ち止まり、地図に書き込んだ目的地と、スマフォのGPSを突き合わせる。大丈夫、ちゃんと近づいている。周囲の風景もどこか見覚えがあるような気がするけれど、夢の中で一度登っただけの山だ。そこまでの確証はなかった。だからとにかく、地図に沿うしかない。

車から降りた後、オヤジが視界から消えるまで、俺は深く頭を下げ続けた。そうしていると、司と奥寺先輩の顔も思い浮かんだ。結局のところオヤジもあの二人も、俺が心配でこんなところまで付き合ってくれたのだ。俺はきっと、よほどひどい顔をしていたのだ。たぶんずっと、泣き出しそうな顔をしていたのだ。放っておきたくてもそれが出来ないくらい、きっと押しつけがましく弱っていたのだ。

——いつまでも、そんな顔をしているわけにはいかない。誰かの差し出す手に甘え続けてはいられない。

木々の隙間に見えはじめた新糸守湖を眺めながら、俺は強くそう思う。ふいに、大きな雨粒が顔に当たった。ぱら・ぱら・ぱらと、周囲の葉が音を立てはじめる。俺はフードをかぶって駆け出す。


どしゃ降りの雨が、土を削り取るような勢いで降り続いている。

気温が、雨に吸い取られてみるみる下がっていくのが、肌で分かる。

俺は小さな洞窟《どうくつ》で、弁当を食べながら雨が弱まるのを待っている。こぶしほどもある大きなサイズの握り飯が三つと、たっぷりのおかず。厚切りのチャーシューやごま油で炒《いた》めたモヤシが、いかにもラーメン屋さんの弁当という感じでおかしかった。寒さに震えていた体が、弁当を食べたぶんだけ熱を取り戻していく。飯粒を噛《か》んで飲み込むと、食道と胃の場所がくっきりと分かる。

ムスビだ、と俺は思う。

水でも、米でも、酒でも、なにかを体に入れる行いもまた、ムスビという。体に入ったものは、魂とムスビつくから。

あの日俺は、このことを目が覚めても覚えていようと思ったのだ。口に出してみる。

「……捻《ねじ》れて絡まって、時には戻り、またつながって。それがムスビ、それが時間」

手首の紐《ひも》を見る。

まだ、途切れていない。まだ、つながれるはず。

いつの間にか樹木の姿は消え、周囲は苔《こけ》だらけの岩場となっている。眼下には、分厚い雲の隙間にひょうたん型の湖が切れぎれに見えている。山頂に、ついに来たのだ。

「……あった！」

果たしてその先には、カルデラ型の窪地《くぼち》と、ご神体の巨木の姿。

「……本当に、あった！　……夢じゃ、なかった……！」

小降りになった雨が、涙のように頰を垂れる。俺は袖《そで》で乱暴に顔をぬぐって、カルデラの斜面を降り始める。

記憶では小川だったはずの流れが、ちょっとした池ほどの大きさで目の前に横たわっている。この雨で増水したのか、あるいは、地形が変わるほどの時間があの夢から経ったのか。いずれにせよ、巨木は池を挟んだ数十メートル先だ。

ここから先は、あの世。

確か、誰かがそう言っていた。

では、これは三途《さんず》の川か。

水に足を踏み込む。ジャバン！　とまるで湯船に足をつけたように水音が大きく反響して、この窪地が異様なまでに静かだったことに今さらに気づく。膝上《ひざうえ》までの重い水の中を歩くと、一歩毎に大きな水音が響く。俺は無垢《むく》で真っ白だったなにかを土足で汚しているような気持ちになってくる。俺がやってくるまでは、この場所は完璧《かんぺき》な沈黙の中にあったのだ。俺は歓迎されていない。直感的にそう思う。体温が、ふたたび冷たい水に吸い出されていく。やがて俺は胸元まで水に浸かり、それでも、なんとか池を渡りきる。

その巨木は、大きな一枚岩に根を絡ませて立っていた。樹がご神体なのか、岩がご神体なのか、それとも両者が絡まったこの姿が信仰の対象なのか、俺にはよく分からない。根と岩の隙間に小さな階段があり、そこを降りると、四畳程度の空間がぽっかりと口をあけている。

外よりも、そこは一層に沈黙が深かった。

俺は凍える手で胸のファスナーを開け、スマフォを取り出した。濡《ぬ》れていないことを確認する。電源を入れる。その動作一つひとつが、暗闇で暴力的なほど大きな音を立てる。フォン、という場違いな電子音を響かせ、懐中電灯代わりにスマフォのライトを点《つ》けた。

そしてそこには、色と温度というものがなかった。

ライトに照らされて浮かび上がった小さな社《やしろ》は、完璧なグレイだった。石造りの小さな祭壇に、十センチ程度の瓶子《へいし》が二つ、並んでいた。

「俺たちが、運んできた酒だ……」

俺はその表面にそっと手を触れる。いつの間にかもう、寒くはなかった。

「こっちが妹で」

形を確かめ、左側の瓶子を摑《つか》む。持ち上げる時に、かすかな抵抗と、ベリ、という乾いた音がする。苔が根を張っていたのだ。

「こっちが、俺が持ってきたもの」

俺はその場に座り込み、目に近づけて、ライトで照らす。ぴかぴかだったはずの陶器の表面が、びっしりと苔で覆われている。ずいぶん時間が経っているように見える。

ずっと胸の中にあった考えを、俺は口に出してみる。

「……三年前のあいつと、俺は入れ替わってたってことか？」

蓋《ふた》を封印している組紐《くみひも》をほどく。蓋の下には、さらにコルク栓がしてある。

「三年、時間がずれていた？　入れ替わりが途切れたのは、三年前に隕石《いんせき》が落ちて、あいつが死んだから？」

コルク栓を抜く。かすかなアルコールの匂いが立つ。蓋に、酒を注いでみる。

「あいつの、半分……」

ライトを近づけてみる。口嚙み酒は透きとおっていて、所々に小さな粒子が浮いている。ライトを反射して、液体の中でキラキラと瞬いている。

「ムスビ。捻れて絡まって、時には戻って、またつながって」

酒を注いだ蓋を、口に近づける。

「……本当に時間が戻るのなら。もう一度だけ――」

あいつの体に！　そう願いながら、一口で飲み干した。喉《のど》が鳴る音が、驚くくらいに大きく響く。体の中を熱い塊が通り抜けていく。それは胃の底で、弾《はじ》けるように身体中に拡散する。

「……」

でも、なにも起きない。

俺は、しばらくじっとしてみる。

慣れない酒に、すこし体温が上がったような気がする。頭にすこしだけ、ぼんやりとした浮遊感がある。でも、それだけだ。

……駄目なのか。

俺は膝《ひざ》を立て、立ち上がる。と、ふいに足がもつれた。視界が回る。転ぶ、と俺は思う。

——おかしい。

俺は仰向《あおむ》けに転んだはずなのに、背中がいつまで経っても地面にぶつからない。視界はゆっくりと回転し、やがて天井が目に入る。俺の左手はスマフォを持ったままだ。ライトが、天井を照らす。

「……彗星《すいせい》……！」

思わず声に出した。

そこには、巨大な彗星が描かれていた。

岩に刻まれた、とても古い絵だ。天に長く尾を引く巨大なほうき星。赤や青の顔料が、ライトを受けてちらちらと光っている。そしてゆっくりと、その絵は天井から浮き上がりはじめる。

目を見張った。

その絵が、描かれた彗星が、俺に向かって落ちてくる。

ゆっくりと、それは目前まで迫る。大気との摩擦熱で燃え上がり、岩塊がガラス質となり、宝石のように輝いている。そんなディテイルまで、くっきりと俺には見える。

仰向けに倒れた俺の頭が石に打ちつけられるのと、彗星が俺の体にぶつかったのは、同時だった。

第五章　記憶

どこまでも落ちていく。

あるいは、昇っていく。

そんな判然としない浮遊感の中、夜空には彗星が輝いている。

彗星はふいに割れ、片割れが落ちてくる。

その隕石は、山間《やまあい》の集落に落ちる。人がたくさん死ぬ。湖が出来、集落は滅びる。

時が経ち、湖の周囲にはやがてまた集落が出来る。湖は魚をもたらし、隕鉄《いんてつ》は富をもたらす。集落は栄える。それから永い時が経ち、また彗星がやってくる。ふたたび星が落ち、ふたたび人が死ぬ。

この列島に人が棲《す》みついてから二度、それは繰り返された。

人はそれを記憶に留《とど》めようとする。なんとか後の世に伝えようとする。文字よりも長く残る方法で。彗星を龍《りゅう》として。彗星を紐《ひも》として。割れる彗星を、舞いのしぐさに。

また、永い時が経つ。

赤ん坊の泣き声が聞こえてくる。

「あなたの名前は、三葉」

優しげな母の声。

そして残酷な手応《てごた》えとともに、へその緒が断ち切られる。

最初は二人で一つだったのに、つながっていたのに、人はこうやって、糸から切り離されて現世に落ちる。


「二人は、父さんの宝物だ」「あなた、お姉ちゃんになったんやよ」

若かった夫婦の会話。やがて三葉には妹が生まれる。しあわせと引き換えのように、母が病に倒れる。

「お母さん、いつ病院から帰ってくるん？」

妹が無邪気に問うが、姉はもう、母は戻らないと知っている。人は必ず死ぬ。でもそれを受け入れることは容易ではない。

「救えなかった……！」

父は深く嘆く。父にとって、妻ほど愛した存在はかつてなく、この先もいなかった。長ずるにつれ妻に似ていく娘の姿は、祝福であり呪いだった。

「神社など続けたところで」「婿養子がなにを言う！」

父と祖母のいさかいが日に日に増す。

「僕が愛したのは二葉《ふたば》です。宮水神社じゃない」「出ていけ！」

父も祖母も、大切なものの順序を入れ替えるにはすでに歳を取り過ぎていた。父は耐えきれず、家を出る。

「三葉、四葉。今日からずっと、祖母ちゃんと一緒やでな」

重り玉の音が響く家で、女三人の生活が始まった。

それなりに穏やかな日々。それでも、父に捨てられた、という感情は三葉の中に消えない染みとなる。

——これは、
三葉の記憶？
俺はなすすべもなく濁流に流されるように、三葉の時間にさらされている。
そして俺も知っている、入れ替わりの日々。
三葉の目で見る東京は、知らない外国のように輝いている。俺たちは同じ器官を持って生きているのに、まるで違う世界を見ている。

「いいなあ……」

三葉の呟《つぶや》きが聞こえる。

「今頃二人は一緒かぁ」

俺と奥寺先輩の、デートの日だ。

「私、ちょっと東京に行ってくるわ」と妹に言う。

東京？

その夜、三葉は祖母の部屋の襖《ふすま》を開ける。

「お祖母ちゃん、お願いがあるんやけど……」

三葉の長い髪が、ばっさりと断ち切られる。この三葉を、俺は知らない。

「今日が、いちばん明るく見えるんやっけ」

彗星《すいせい》を見にいこう、とテシガワラたちに誘われている。

駄目だ、三葉！

俺は叫ぶ。

鏡の後ろから。風鈴の音色として。髪をそよがす風として。

三葉、そこにいちゃ駄目だ！

彗星が落ちる前に、町から逃げるんだ！

でも俺の声は、三葉には届かない。気づかれない。

祭りの日、三葉は友だちと、月よりも近づいた彗星を見上げる。

彗星がふいに割れ、欠片《かけら》が無数の流星となって輝く。大きな岩塊がひとつ、隕石《いんせき》となって落下をはじめる。

その眺めさえも、ただ美しいと思って見つめている。

三葉、逃げろ！

俺は声を限りに叫ぶ。

三葉、逃げろ、逃げてくれ！　三葉、三葉、三葉！

そして、星が落ちる。

第六章　再演

目を覚ました。

その瞬間に、確信があった。

俺は上半身を跳ね上げて、自分の体を見る。細い指。見慣れたパジャマ。胸のふくらみ。

「三葉だ……」

声が漏れる。この声も。細い喉《のど》も。血も肉も骨も皮膚も。三葉の全部が温度を持って、ここにある。

「……生きてる……!」

両手で自分の腕を抱く。涙が溢《あふ》れてくる。蛇口が壊れたみたいに、三葉の目が大粒の涙をこぼし続ける。その熱さが嬉《うれ》しくて、俺はますます泣く。肋骨《ろっこつ》の中で心臓が喜んで跳ねている。俺は膝《ひざ》を曲げる。つるりとした膝に頬を押しあてる。三葉の体の全部を包み込みたくて、ぎゅーっと体を丸めていく。

三葉。

みつは、みつは。

それは、もしかしたら永遠に出逢《であ》うことのなかったかもしれない、あらゆる可能性をくぐり抜けて今ここにある、奇跡だった。


「……お姉ちゃん、なにしとるの？」

声に顔を上げると、襖《ふすま》を開けて四葉が立っていた。

「あ……妹だ……」

俺は涙声で呟《つぶや》く。四葉も、ちゃんとまだ生きている。涙と鼻水でぐじゃぐじゃになりながら胸を揉《も》んでいる姉の姿を、呆然《ぼうぜん》と見つめている。

「四葉あぁぁぁ！」

抱きしめてやりたくて、俺は四葉に駆け寄る。ひっ、と四葉は息を呑《の》んで、俺の鼻先でぴしゃりと襖を閉めた。

「ちょっとちょっと、お祖母ちゃん！」

叫びながら階段を駆け下りる足音。

「お姉ちゃん、いよいよヤバイわ！　あの人、完璧《かんぺき》壊れてまったよ！」

婆ちゃんに泣きつく声が、階下から響く。

のに！

……失礼な幼女だな。はるばると時空を超えて、俺が町を救いに来てやったというのに！

ＮＨＫのお姉さんがにこやかに喋《しゃべ》っている。俺は制服に着替えて、階下に降りてきたところだ。スカートをはいた下半身の寄る辺なさは久しぶりで、その感覚を振り払うように仁王立ちでテレビを睨《にら》みつけている。

『一週間ほど前から肉眼でも見えはじめたティアマト彗星《すいせい》は、今夜七時四十分頃に地球に最接近し、最も明るく輝くとみられています。遂にピークを迎えた千二百年に一度の天体ショー、各地では様々な盛り上がりが……』

「……今夜！　まだ間に合う……！」

そう呟く。武者震いがする。

「おはよう三葉。四葉、今日は先に出てまったよ」

振り向くと、婆ちゃんが立っている。

「婆ちゃん！　元気そう！」俺は思わず駆け寄る。盆に急須《きゅうす》をのせて、婆ちゃんは居間でお茶でも飲むつもりだったのだろう。

「ああ？　……おや、あんた」

老眼鏡を下げて、俺の顔をじっと見る。じわり、と目を細める。

「……あんた、三葉やないんか？」

「なっ……」なんで!?　絶対バレないと思っていた悪事が露呈してしまったような、後ろめたい気持ちに俺はなる。いや、でもこれは好都合では。

「婆ちゃん……知ってたの？」

婆ちゃんは特に表情も変えず、座椅子に腰を下ろしながら言う。

「いいやあ。でもこんところのお前を見とったら、思い出したわ。ワシも少女の頃、不思議な夢を見とった覚えがある」

なんと！　こりゃ話が早くていい。さすが日本昔話一家。俺もテーブルに腰を下ろす。婆ちゃんが、俺のぶんのお茶も淹《い》れてくれる。ずずず、とお茶をすすり、婆ちゃんは話を続ける。

「あれは、たいそうおかしな夢やった。いいや、夢というよりは、あれは別の人生やった。ワシはまるで知らない町で、知らない男になっとった」

俺はごくりとつばを飲み込む。俺たちと、完全に同じだ。

「でも、それはある時、突然に終わってまったんやさ。今ではもう、覚えとるのは不思議な夢があったということだけ。その夢でワシが誰になっておったのか、記憶はすっかり消えてまった……」

「消える……」

宿命的な病名を告げられたかのように、俺はどきりとする。そうだ。俺もいっとき、三葉の名を忘れていた。すべて自分の妄想だと思い込もうとしていた。婆ちゃんのしわだらけの顔が、どこか寂しそうな色を帯びる。

「だから、今のあんたを、見ているものを、あんたは大事にしないよ。どんなに特別でも、夢は夢。目覚めればいつか必ず消えてまう。ワシの母ちゃんにも、ワシにも、あんたらの母ちゃんにも、そんな時期があったんやで」

「それって、もしかしたら……！」

俺はふと思う。これは、宮水家に受け継がれてきた役割なのかもしれない。千二百年ごとに訪れる厄災。それを回避するために、数年先を生きる人間と夢を通じて交信する能力。巫女《みこ》の役割。宮水の血筋にいつしか備わった、世代を超えて受け継がれた警告システム。

「もしかしたら、宮水の人たちのその夢は、ぜんぶ今日のためにあったのかもしれない！」

俺は婆ちゃんの顔をまっすぐに見て、強い口調で、言う。

「ねえ婆ちゃん、聞いて」

婆ちゃんは顔を上げる。俺の言葉をどう受け止めたのか、その表情はいまいち読めない。

「今夜、糸守町に隕石《いんせき》が落ちて、みんな死ぬ」

婆ちゃんの顔が、こんどははっきりと、怪訝《けげん》そうに眉《まゆ》をひそめた。

――そんなこと誰も信じないって、意外に普通のことを言う婆ちゃんだな。

高校までの道を駆け下りながら、俺はぶつぶつとそう思う。

入れ替わりの夢は信じるクセに隕石落下は疑うって、どういうバランス感覚なんだあの婆ちゃん。

完璧に遅刻の時間で、周囲に人影はほとんどない。ぴーちくぱーちくと山鳥の声がこだまする、いつもの町の穏やかな朝だ。俺たちでやるしかない、と俺は思う。

「絶対に、誰も死なせるもんか！」

自身に言い聞かせるように、俺は強く口に出す。走る速度を上げる。隕石落下まで、あと半日もないのだ。

「三葉、お、おまえ、その髪……！」

「あんた、その髪いったい……！」

テシガワラとサヤちんが、教室に入ってきたばかりの俺《みつは》の顔を呆然と見ている。

「あ～この髪？　前のほうが良かったよね？」

肩上のボブカットの襟足を、俺は片手で払いながら言う。そういえば、三葉はいつの間にか長かった髪をばっさりと切っていた。俺の好みは黒髪ロングだから、どうも気に入らない。いや今はそんなことよりも！

「そんなことより！」

がーん、という音が聞こえそうなくらい大きく口を開けたままのテシガワラと、探るような目付きのサヤちんの顔を、交互に見ながら俺は言う。

「このままだと今夜、みんな死ぬ！」

ぴたりと、教室のざわめきが止む。クラスメイト全員の目が俺に注がれる。

「ちょ、ちょっと三葉、なに言っとるの!?」

サヤちんが慌てて立ち上がり、テシガワラが強引に俺の腕を引っぱる。二人に引きずられるように教室から連れ出されながら、まあ信じてもらえないのは当然かも、とようやく俺はすこし冷静になる。婆ちゃんの言うとおり、いきなりこんな話を信じろというのが無理な話か。久しぶりに入れ替われた興奮で、このままなんとなく上手《うま》くいくような気持ちになっていた。

うーん、しかし、これは案外にやっかいか？

かと思ったが、テシガワラに関しては、それは杞憂《きゆう》だった。

「……三葉、それ、マジで言っとんのか？」

「だから、マジだってば！　今夜、ティアマト彗星が割れて隕石になる。それが高い確率で、この町に落ちる。情報ソースは言えないけれど、確かな筋からの話だよ」

「そりゃ……一大事や！」

「ええぇ、ちょっと、テッシーなに真剣な顔しとんのよ、あんたそこまでアホやったの？」

当然、サヤちんは取りあってくれなかった。

「だいたい情報ソースってなんよ？　ＣＩＡ？　ＮＡＳＡ？　確かなスジ？　なにそれ、スパイごっこ？　ちょっと三葉、あんたどうしてまったのよ!?」

どこまでも常識人のサヤちんに、俺はヤケクソで三葉の財布からありったけの金を取り出す。

「サヤちんお願い、私がおごるから、これでなんでも好きなものを買って！　そして話だけでも聞いて！」

真剣な顔で言って、頭を下げる。サヤちんは驚いたように俺の顔をじっと見る。

「お金にうるさいあんたがそこまで言うなんて……」

え、そうなの？　そのくせ俺の金はばかばか無駄遣いしてやがったのかあの女！

サヤちんはあきらめたように溜息《ためいき》をひとつ吐き、言う。

「……しょうがないなぁ……わけわからんけど、まあ聞くだけやからね。テッシー、自転車の鍵《かぎ》貸して」

こんな額じゃ駄菓子くらいしか買えないやんとぶつぶつ言いつつ、サヤちんは昇降口に向かって歩き始める。良かった。額は足りなかったみたいだけれど、誠意は伝わるもんだ。

「コンビニ行ってくる。テッシー、あんたはちゃんと三葉を見張っときないよ。その子、ちょっと普通じゃないんやから」

そんなわけで、俺とテシガワラは今は使われていない部室棟の一室に忍び込み、さっきから町の避難計画を練っている。

ゴールは、被害範囲内の百八十八世帯約五百人を、隕石落下時刻までに範囲外に移動させること。真っ先に思いつくのは放送による避難指示だ。

首相官邸乗っ取り、国会議事堂乗っ取り、NHK渋谷放送センター乗っ取り、いや別にNHK岐阜・高山支局乗っ取りでいいんじゃね？　的なお約束バカ話を一通りした後で、そもそも町民全員が家でテレビやラジオを点《つ》けているわけじゃないし、今夜は秋祭りでなおさら外出している人が多い、という話になり、うーんと俺たちは考え込む。

「……防災無線や！」

テシガワラが突然に大声を出す。

「防災無線？」

「は？　お前、知らんとか言うなよ。町中にスピーカーがあるやろ？」

「あー……、あの、朝晩急に喋《しゃべ》りだすヤツ？　誰が産まれたとか誰の葬式だとか」

「ああ。家の中でも外でも、あれなら町中で必ず聞こえる。あれで指示を流せば！」

「え、でも、どうやって？　あれって町役場から流してんだよね。お願いしたら喋らせてくれんの？」

「んなわけねえやろ」

「じゃあどうすんの？　役場乗っ取り？　まあＮＨＫ乗っ取りよりはだいぶ現実味はあるかもだけど」

ひっひっひ、と不気味な笑みを浮かべて、テシガワラがスマフォになにかを入力している。それにしてもコイツやけに嬉《うれ》しそうだな。

「この手があるぜ！」

俺は差し出されたスマフォを覗《のぞ》き込む。

重畳《ちょうじょう》周波数。その解説。

「……え……これマジ？」

テシガワラは鼻の穴を広げ、誇らしげにうなずく。

「ていうかテッシー、なんでこんなこと知ってるの？」

「そりゃお前、いつも寝る前に妄想しとるしな。町の破壊とか学校の転覆とか。みんなそんなもんやん？」

「え……」俺は若干引く。いやしかしこれは。

「いやでも、すごいじゃんテッシー！　いけるかも！」

俺は言って、思わずがっつりとテシガワラの肩に手を回す。

「お、お前、あんまりくっつくなや！」

「え？」

げ。こいつ耳まで赤くしてる。

「なに～？　テッシー照れてんの？」

俺は下からテシガワラの顔を見上げ、にやにやと言う。三葉、お前もなかなか捨てたもんじゃないみたいだぞ。ほらほら～と、俺はさらに体を押しつけてみる。サービスだサービス！　俺たちは古いソファーの上に並んで座っていて、テシガワラは壁際にいるからもはや逃げ場はない。

「ちょ、三葉、やめろって！」

でかい体をくねくねとねじらせて抵抗するテシガワラ。こいつも男子だなあ。まあ俺も男子だけど。と、テシガワラは飛び上がるようにして突然ソファーの背に登り、声を張り上げた。

「やめろって言っとるやろ！　嫁入り前の娘がはしたない！」

「は……」

見ると、坊主頭まで赤く染め、だらだらと汗を垂らしつつ、ほとんど涙目になっている。

「は、ははは！　テッシー、あんたって……！」

俺は思わず笑い出してしまう。

こいつは絶対に、信頼できるいい奴だ。

今までだって、友だちだと思っていた。でもそろそろ実際に会って、男子として、こいつらと話がしたい。俺と、三葉と、テシガワラと、サヤちんと。司や高木や奥寺先輩も一緒だったりしたら、それも絶対に楽しい。

「ごめんねテッシー。信じてもらえたから、嬉しくて、つい」

俺は笑いをこらえながら、ふてくされた顔のテシガワラを見上げて言う。

「避難計画の続き、一緒に考えてもらえる？」

俺が笑顔でそう言うと、テシガワラは赤い顔のまま、それでも真剣にうなずいた。

これが終わったら、こいつにも会いに来よう。なんだか眩《まぶ》しいような心持ちで、俺はそう思う。


「ば、ば、ば……爆弾!?」

透明プラケースに入ったミニショートケーキを食べながら、サヤちんが声を上げた。

「正確には、含水爆薬《がんすいばくやく》。まあダイナマイトみたいなもんやな」

ポテトチップスをばりばりと噛《か》みながら、テシガワラが得意げに言う。俺はマーブルチョコレートをぽりぽりと食べている。机にはサヤちんが買ってきてくれた大量のコンビニフードがいちめんに広げられていて、なんだかパーティめいた雰囲気である。そんな中で、俺とテシガワラは地図を前に、練りに練った避難計画をサヤちんに披露している。テンションの上がるBGMでもかけたい気分だ。パーカッシヴでちょっとマッドな、作戦会議ふうの。

500mlパックのコーヒー牛乳をごくりと飲んで、テシガワラが続ける。

「爆薬は、オヤジの会社の保管庫に土木用のがたっぷりある。後でバレる心配をしなくていいんなら、いくらでも持ち出せるぜっ」

「それから次は」俺はメロンパンの袋を開けつつ言う。なんだかやけに腹が減っていて、そして三葉の体で食べるものは、なんだかやけに美味《うま》い。

「で、で、で……電波ジャック!?」

サヤちんがまたうわずった声を上げる。カレーパンをかじりながら、テシガワラが解説する。

「こんな田舎の防災無線は、伝送周波数と起動用の重畳周波数さえ分かりゃあ簡単に乗っ取れるでな。音声に特定の周波数が重ねられとるだけで、スピーカーが作動する仕組みやから」

メロンパンを片手に、俺は言葉を引き継ぐ。

「だから、学校の放送室からでも、町中に避難指示を流せる」

俺は糸守町の地図を指さす。宮水神社を中心に直径1.2㎞ほどの円が書き込んであり、俺はそれをぐるぐると指でなぞる。

「これが隕石《いんせき》の予想被害範囲。糸守高校は、ほら、この外側にある」高校の場所をトントンと叩《たた》く。

「だから、町民の避難場所もここの校庭にすればいい」

「それって……」

おそるおそる、というふうにサヤちんが口を開く。

「か、かんぺき犯罪やに！」

そう言いつつも最後まで残していた苺《いちご》をぱくりと口に運ぶサヤちんに、「犯罪でもしないとこの範囲の人間は動かせないよ」とクールに言って、俺は地図の上に散らばったマーブルチョコレートを手でざっとどかしてみせる。そう、犯罪でもなんでもいいから、要はこの円の中の人たちを外に出せばいいだけなのだ。

「なんか三葉、別人みたいやな……」

俺はにっと笑って、メロンパンを大きくかじる。この体に入っていると言葉遣いはなんとなく女っぽくなってしまうのだけれど、でも俺はもう、三葉としてふるまうことなんてとっくに放棄している。全部終わって、こいつらが無事でいてくれたら後のことはどうでもいい。生きてさえいれば、どうとでもなる。

「で、放送はサヤちん担当ね」と、にこやかに俺は告げる。

「なんでよ！」

「だって、放送部でしょ？」

「しかもお前の姉ちゃん、役場の放送担当やし。無線の周波数も適当に聞き出しといてくれよ」とテシガワラ。

「ええぇ？　そんな勝手に……」

サヤちんの抗議を無視し、テシガワラは嬉しそうに自分を指さす。

「で、俺が爆薬担当！」

「そして私は、町長に会いに行く」自分を指さしながら俺も言う。

え！　と絶句するサヤちんに、テシガワラが説明を続ける。

「さっき言った手順で、避難のきっかけはたぶん俺らで作れる。でも、最後は役場や消防に出てきてもらわんと、百八十八世帯の全員はさすがに動かし切れんやろ？」

「だから、町長の説得が必要なんだよ」と俺は言う。

「娘の私からちゃんと話せば、きっと分かってもらえると思う」

テシガワラは腕組みをし、「完璧《かんぺき》な作戦や……！」と自画自賛しつつうむうむとうなずいている。俺も同じ気持ちだ。確かにちょっと荒っぽいやり方ではあるけれど、他に手はない、と思う。

「はあぁー……」

感心してくれているのか呆《あき》れているのか、サヤちんが口を開けて俺たちを見る。

「まあ、良くそこまで考えとるなとは思うけどなあ……どうせもしもの話やろ？」

「え？」

ここに至っての思いがけない問いかけに、言葉に詰まる。

「いや……、もしもっていうか……」

サヤちんが乗ってくれないと、この計画は機能しない。なんと言えばいいのか、俺は言葉を探す。

「そうとも限らんぞ！」

と、突然にテシガワラが大声で、スマフォの画面を突きだした。

「糸守湖がどうやって出来たか、知っとるか？」

俺とサヤちんは寄り目になって画面を見る。町のHP《ホームページ》らしきサイトに『糸守湖の由来』との大見出し。さらに『千二百年前の隕石湖』『日本では極めてまれ』の文字。

「隕石湖や！　すくなくとも一度は、この場所には隕石が落ちたんや！」

テシガワラのどや顔とその言葉が、カチリ、と俺の頭の中になにかをはめる。それがなにか分からぬまま、俺は声を出している。

「そうだ、そうだよ……だから！」

——だから、あの場所に彗星《すいせい》の絵があったんだ。俺は思い至る。千二百年周期のティアマト彗星。そして、糸守湖は千二百年前の隕石湖。隕石も、彗星来訪とともに千二百年ごとにもたらされるのだ。予期された厄災。だからこそ、避けることも出来るはずの災害。あの絵も、メッセージであり警告なんだ。

思いがけない味方を得たような気持ちになる。じっとしていられなくなる。全部、千年も前から準備されていたことなんだ！

「いいねテッシー！」

思わず拳《こぶし》を突き出すと、テシガワラも「おお！」と拳を合わせてくれる。いける。これはいける！

「やろうぜっ、俺たちでっ！」

俺たちはサヤちんに向かって、つばを飛ばす勢いで声をそろえた。

「……なにを言ってるんだ？　お前は？」

分厚い段ボールにハサミを入れるようなざらついた重い声。

俺はますます焦る。押し切られないように、声を張る。

「だからっ！　念のために町民を避難させないと——」

「すこし黙れ」

それはすこしも大声ではないのに、ぴしりと俺の声をせき止めてしまう。

三葉の父親である宮水町長は大儀そうに目をつむり、町長室の革張りの椅子に背を預ける。ぎぎぎ、と厚い革が音を立てて軋《きし》む。それからゆっくりと息を吐き、窓の外に目を移す。午後のうららかな日差しに、葉の陰が揺れている。

「……彗星が二つに割れてこの町に落ちる？　五百人以上が死ぬかもしれないだと？」

指先でとんとんと机を叩きながら、たっぷりと間をあけ、ようやく俺を見る。俺は膝《ひざ》の裏にじわりと汗をかいている。緊張すると三葉はここに汗をかくのだと、俺は初めて知る。

「信じられない話だっていうのは分かるよ。でも、ちゃんと根拠だって……」

「よくもそんな戯《ざ》れ言を俺の前で！」

突然怒鳴りつけられる。町長は眉間《みけん》のシワを深くし、「妄言は宮水の血筋か」とひとり言のように小さく呟《つぶや》き、射るような目で俺をまっすぐに見て、おい三葉、と低く言う。

「本気で言っているなら、お前は病気だ」

「……なっ」

俺は言葉が継げない。つい三十分前の部室での自信が、もうどこにも残っていないことに気づく。ぜんぜん見当違いのことをしている、そんな不安がみるみるつのる。いや、違う。これは妄想でもないし、俺は病気でもない。俺は――

「車を出してやるから」ふいに心配そうな口調になり、町長が受話器を持ち上げる。ダイヤルボタンを押して、どこかに電話をかけながら俺に言う。

「市内の病院で医者に診てもらえ。その後でなら、もう一度話を聞いてやる」

その言葉が、俺の体を不快に揺さぶる。こいつは、俺を、自分の娘を、本気で病人扱いしている。そう判ったとたん全身が凍ったように冷たくなって、頭の芯《しん》だけが発火したみたいに熱くなった。

怒りだった。

「――バカにしやがって！」

そう叫んでいた。目の前に見開いた町長の両目があって、気づけば、俺は町長のネクタイをねじり上げていた。受話器が机の横に落ちて、ツーツーツー……という不通音を小さく上げている。

「……はっ」

手を、ゆるめた。ゆっくりと、町長の顔が離れていく。驚きか困惑か、宮水町長はかすかに震える口を開けたままで、俺たちは互いの目から視線を外せない。俺の全身の毛穴が、嫌な汗で開いていく。

「……三葉」

空気を絞り出すように、町長が口を開いた。

「……いや……お前は、誰だ？」

震えて発せられたその言葉は、風に乗って入ってしまった羽虫のように、いつまでも嫌な感覚とともに耳の中に残った。

金槌《かなづち》を打つ音が、どこからかかすかに聞こえる。

真昼と夕方のはざまの時間、この町は静かすぎて、ずっと遠くの音までが風に乗って耳に届く。カンカン、カンカン。町役場を出、湖を見おろす坂道をとぼとぼと歩きながら、音に合わせて堅い木に突き刺さっていく釘《くぎ》の姿を俺は想像する。暗く狭い木に押し込まれ、やがて錆《さ》びついていく鉄の釘。たぶん、神社で秋祭りの準備をしているんだ。道沿いに並べられた木造りの灯ろうを眺め、俺はぼんやりとそう思う。

じゃ、あとでなー、と子どもの声が上から聞こえ、俺は顔を上げた。

坂の上で、ランドセルの子どもたちが手を振り合っている。

「うん、じゃあまあとでお祭りでな」

「神社の下で待ち合わせな」

そう言って友だちと別れ、男の子と女の子が俺のほうに駆け下りてくる。小学校半ばくらい、四葉と同じくらいの年回りだ。

――落下地点は、神社。

「行っちゃだめだ！」

俺の横を駆け抜けようとした男の子の肩を、思わず俺は摑《つか》んでいる。

「町から逃げて！　友だちにも伝えて！」

俺の腕の間で、知らない子どもの顔がさっと恐怖の色に変わる。

「な、なんや、あんた！」

思いきり手を払いのけられる。俺は我に返る。

「お姉ちゃんー！」

声の方向を見ると、ランドセル姿の四葉が心配顔で駆け下りてくる。二人の子どもは逃げるように走り去っていく。——こんなんじゃ駄目だ。これじゃ不審者だ。

「ちょっとお姉ちゃん、あの子らになにしたん!?」飛びつくようにして俺の両腕を掴み、顔を見上げて四葉が言う。

——でも、これから俺は、どうすればいい？

四葉の顔を見る。不安そうに俺の言葉を待っている。三葉なら、と、俺は思ったままを呟く。

「三葉なら……説得できたのか？　俺じゃだめなのか？」

戸惑う四葉に、俺はかまわず重ねる。

「四葉、夕方までに婆ちゃんを連れて、町から出て」

「え？」

「ここにいちゃ死んじゃうんだよ！」

「えええ、ちょっとお姉ちゃんなに言っとるの!?」

大事な話なんだよ、という俺の言葉を押し戻すように、四葉が必死な声を上げる。

「お姉ちゃん、ちょっとしっかりしてよ！」

目が潤んでいる。怖がっている。俺の目を覗《のぞ》き込むように、ぐっと背伸びして四葉は言う。

「昨日は急に東京に行ってまうし、お姉ちゃん、このところずっと変やよ！」

「え……」

違和感を、俺は覚える。……東京？

「四葉、いま東京って」

「おーい、三葉あ！」

サヤちんの声。顔を上げると、テシガワラの漕《こ》ぐ自転車の後ろで、サヤちんが大きく手を振っている。ざっとアスファルトをこする音で、自転車が止まる。

「オヤジさんとの話、どうやった⁉」

前のめりにテシガワラが訊《き》く。俺は返事が出来ない。混乱している。なにから考えれば良いのか、分からなくなっている。俺の話を、町長はまったく取りあってくれなかった。それどころか「お前は誰だ」と、父親が娘に訊いたのだ。俺がそう訊かせたのだ。俺が三葉に入っているからだめなのか？　では、三葉は今どこにいる？　三葉は昨日、東京に行ったのだと四葉は言う。なぜ？　昨日とは、いったいいつだ？

おい三葉？　と訝《いぶか》しげなテシガワラの声が聞こえる。お姉ちゃん、どうしたん？　とサヤカが四葉に訊いている。

三葉は、どこにいる？　俺は、今、どこにいる？

——もしかして。

俺は視線を上げる。民家の向こうにこんもりとした山の輪郭が重なり、そのさらに向こうに、青に霞《かす》む山の稜線《りょうせん》がある。俺が登った山。山の上のご神体。口噛《くちか》み酒を飲んだ場所。湖からふわりと冷たい風が吹き、短くなった三葉の毛先をゆらし、まるで誰かの指先のように、髪が頰をそっと撫《な》でる。

「そこに……いるのか？」俺は呟く。

「え、なになに、あっちになんかあるん？」

四葉とサヤちんとテシガワラも、そろって俺の視線を追う。三葉、お前がそこにいるのなら——

「テッシー、ちょっと自転車貸して！」

言いながら、俺は奪うようにハンドルを摑む。サドルにまたがり、地面を蹴《け》る。

「え、おい、ちょっと三葉！」

サドルがやけに高い。俺は立ち漕ぎで、坂道を登り出す。

「三葉、作戦はあ⁉」

遠ざかる俺に、なんだか泣きそうな声でテシガワラが叫ぶ。

「計画通り、準備しておいてくれ！　頼む！」

しんとした町に、俺の大声がこだまする。体から切り離された三葉の声が、山と湖に反射してひととき大気に満ちる。俺はその声を追いかけるようにして、全力でペダルを漕ぐ。

＊　＊　＊

頰を、誰かが叩《たた》いている。

とても微妙な力で、たぶん中指の先だけで、私が痛がらないようにそっと叩いている。そしてその指先は、とても冷たい。ついさっきまで氷を握っていたみたいに、ひんやりとしている。そんなふうに私を起こすのは、いったい誰なんだろう。

私は目を開く。

あれ？

そこはとても暗い。まだ夜なのかな。

また頰を叩かれる。違う。これは水だ。水滴が、さっきから私の頰に落ちているのだ。上半身を起こして、私はようやく気づく。

「……私、瀧くんになっとる!」と、思わず声が出る。

狭い石段を昇ると、まっすぐに夕陽が目を刺した。

ずいぶん長い間暗闇にいたのか、瀧くんの目にはひりひりと涙が滲《にじ》む。昇りきったそこは、もしかしたらと思っていた通り、ご神体の山の上だった。

どうして、瀧くんがこんなところに?

なんだかよく分からないまま、私は巨木の下を出て、窪地《くぼち》を歩き始める。瀧くんは、アウトドアな厚めのパーカーを着込んでいる。分厚いゴム底のトレッキングシューズを履いている。地面は柔らかく濡《ぬ》れていて、さっきまで雨が降っていたのか、背の低い草にはびっしりと水滴がついている。でも、見上げた空はすっきりと晴れている。ちぎれた薄雲が、金色に輝きながら風に流されている。

そして私自身の記憶は、なんだかぼんやりしている。

なにも思い出せないまま、私はやがて窪地の端、斜面の下まで辿《たど》りつく。斜面を見上げる。ここはカルデラ状の地形で、この斜面を登り切ると、そこが山の頂上だ。私は登り始める。登りながら、記憶を探る。ここに来る前になにをしていたのか、なんとか思い出そうとする。するとやがて、その端っこに指が触れる。

祭りばやし。浴衣《ゆかた》。鏡に映った、髪を短くした自分の顔。

——そうだ。

昨日は秋祭りで、私はテッシーたちに誘われて浴衣を着て出かけたのだ。彗星《すいせい》が一番明るく見える日だから、三人で見にいこうって。そうだった。なんだかずいぶん遠い記憶のような気がするけれど、あれは確かに、昨日だ。

テッシーとサヤちんは、私の新しい髪型にずいぶん驚いていた。テッシーなんて、がーんと音がするくらい大きな口をあけていた。なんだか気の毒なくらい二人は動揺してしまっていて、高台まで歩く間中ずっと、「なああやっぱ失恋かなあ」とか、「なんよその発想は昭和のオヤジ？」とか、私の背中でこそこそと言い合っていた。

一車線の細い道を登りきり、カーブミラーを曲がると、視線のまっすぐ先の夜空に唐突に、巨大な彗星があった。長くたなびく尾はエメラルドグリーンに輝いていて、その先端は月よりも明るかった。目を凝らすと、細かな塵《ちり》のような粒がその周囲にきらきらと舞っていた。私たちは喋《しゃべ》ることも忘れ、ばかみたいに口を開いて、長い時間それに見とれた。

そしていつのまにか、彗星の先端が二つに分かれていることに、私は気づいた。大きくて明るい二つの先端、その一つが、ぐんぐんと近づいてくるように見えた。やがてその周りに、細い流れ星が幾筋も輝きはじめる。星が降ってくるようだった。いや、それは実際に星が降る夜だった。まるで夢の景色のように、それは嘘みたいに綺麗《きれい》な夜空だった。

私は、ようやく斜面を登り切る。吹きつける風が冷たい。眼下には、輝く絨毯《じゅうたん》みたいな雲がいちめんに広がっている。そしてその下には、うっすらと青い影色に染まりつつある糸守湖がある。

あれ？　と私は思う。

おかしい。

私はさっきから、氷づけにされたみたいにがちがちと震えている。

いつのまにか、怖くてたまらない。

怖くて怖くて、不安で悲しくて心細くて、頭がどうにかなってしまいそうだ。冷たい汗が、栓が壊れたみたいに吹き出し続けている。

もしかしたら。

私は狂ってしまったのかもしれない。自分でも気づかぬうちに、壊れてしまったのかもしれない。

怖い。怖い。今すぐに叫び出したいのに、喉《のど》からは粘ついた息しか出てこない。自分の意志とは無関係に、まぶたが大きく開いていく。からからに乾いた眼球の表面が、じっと湖を見つめ続けている。私は知っている。私は気づいている。

糸守町が、ない。

糸守湖に覆い被《かぶ》さるようにして、もっと大きな丸い湖が出来ている。

――そんなのあたりまえだよ、と私の中のどこかが思う。

あんなものが落ちてきたんだから。

あんなに熱くて重い塊が、頭の上に落ちてきたんだから。

そうだ。

あの時、私は。

関節が無音のまま壊れたみたいに、私は突然に、その場に膝《ひざ》をつく。

私は、あの時。

かろうじて、喉から漏れた空気が声になる。

「……私、あの時……」

そして洪水みたいに流れ込んでくる、瀧くんの記憶。一つの町を滅ぼした彗星災害。本当は三年未来の東京に暮らしていた、瀧くん。その時、私はもういなかったこと。星が降った夜。あの時、私は——

「死んだの……？」

＊　＊　＊

人の記憶は、どこに宿るのだろう。

脳のシナプスの配線パターンそのものか。眼球や指先にも記憶はあるのか。あるいは、霧のように不定型で不可視な精神の塊がどこかにあって、それが記憶を宿すのか。心とか、精神とか、魂とか呼ばれるようなもの。OSの入ったメモリーカードみたいに、それは抜き差し出来るのか。

すこし前にアスファルトは途切れ、俺は未舗装の山道をひたすらに自転車のペダルを漕《こ》いでいる。低い太陽が、木々の間にチラチラと瞬いている。三葉の体は絶え間なく汗を流し、前髪が額に貼りついている。俺は漕ぎながら、汗と一緒に、髪をぬぐう。

三葉の魂。それはきっと今、俺の体の中にいるはずだ。俺の心がここに、三葉の体の中にあるのだから。でも——と、さっきから俺は思っている。

俺たちは今も、一緒にいる。

三葉は、すくなくとも三葉の心のかけらは、今もここにある。たとえば、三葉の指先は制服の形を覚えている。俺が制服を着るとき、ファスナーの長さも襟の固さも、俺は自然に知っている。たとえば三葉の目は、友だちを見るとほっとする。嬉《うれ》しくなる。三葉が誰が好きで誰が苦手か、訊《き》かなくても俺には分かる。婆ちゃんを目にすると、俺が知らないはずの思い出までがフォーカスの壊れた映写機みたいに、ぼんやりと頭に浮かぶ。体と記憶と感情は、分かちがたくムスビついている。

——たきくん。

三葉の声が体の内側から、さっきから聞こえている。

たきくん、瀧くん。

泣き出しそうに切実な声だ。遠い星の瞬きのような、寂しげに震える声。

ぼやけていたフォーカスが、結ばれていく。瀧くん、と三葉が呼んでいる。

「覚えて、ない？」

あの日の三葉の記憶を、そして俺は思い出す。

＊　＊　＊

その日、三葉は学校には行かずに、電車に乗った。

東京への新幹線が接続する、大きなターミナル駅。そこに向かうためのローカル線は、通学の時間にもかかわらず空《す》いていた。沿線に学校はないし、このあたりの勤め人はみんな車を使う。

「私ちょっと、東京に行ってくるわ」

朝家を出て、学校に向かう途中で唐突に、三葉は妹にそう告げたのだ。

「ええ、今から？　なんで⁉」四葉は驚いて姉に訊く。

「ええと……デート？」

「え！　お姉ちゃん、東京に彼氏おったの⁉」

「うーんと……私のデートやなくて……」

説明に困り、三葉は駆け出す。走りながら付け加える。

「夜には帰るで、心配しんといて！」

新幹線の窓をびゅんびゅんと飛び去る景色を眺めながら、三葉は考えている。

奥寺先輩と瀧くんのデートの場に行って、私はどうしたいんだろう。さすがに三人で遊ぶってわけにはいかないよね。そもそも初めて行く東京で、私はちゃんと瀧くんに会えるんだろうか。もし会えたとして——急に訪ねたら、迷惑かな。驚くかな。瀧くんは、いやがるかな。

拍子抜けするくらいあっさりと簡単に、新幹線は東京に着いてしまう。あまりの人混みに息を詰まらせながら、三葉は俺に電話をかけてみる。電波の届かない場所にいるか、電源が入っていないため……。電話を切る。やはり、通じないのだ。

会えっこない、と三葉は思う。

でも、駅の案内板を試験問題みたいに凝視して、三葉は曖昧《あいまい》な記憶をよすがにして街に出てみる。

でも、もし会えたら……。

山手線《やまのて》に乗り、都バスに乗り、歩き、また電車に乗り、また歩く。

どうしよう、やっぱり迷惑かな。気まずいかな。それとも——

街頭テレビには、『ティアマト彗星《すいせい》・明日最接近』の文字。

それとも、もし会えたら、もしかしたら、すこし——

歩き疲れ、歩道橋からきらきら光るビルを眺めながら、三葉は祈るように、思う。

もし会えたら、瀧くんは、すこしは、喜ぶかな——。

ふたたび三葉は歩き出す。そして考える。

こんなふうにやみくもに探し回ったって、会えっこない。会えっこないけれど、でも、確かなことが、ひとつだけある。私たちは、会えばぜったい、すぐに分かる。私に入っていたのは、君なんだって。君に入っていたのは、私なんだって。

100パーセント、誰だってぜったいに間違えようのない足し算の問題みたいに、そのことだけは、三葉は確信している。


駅のホームの屋根の隙間に、懐中電灯みたいな夕陽が沈んでいく。

歩き続けて痛む足先を投げ出して、三葉は駅のベンチに座り込んでいる。糸守町のそれに比べたらずいぶんと頼りない淡い夕陽を、ぼんやりと目に映している。音楽のようなチャイムが鳴って、まもなく・四番線に・各駅停車千葉行きが……とアナウンスが流れはじめる。黄色い電車がホームに滑り込んでくる。車体の巻き起こすぬるい風が、髪を揺らす。見るともなく、三葉は電車の窓を眺めている。

ふと、息を呑《の》んだ。

弾《はじ》かれるように、立ち上がった。

今、目の前を通り過ぎた窓に、彼がいた。

三葉は走り出す。電車は停車し、その窓にはすぐに追いつく。でも夕方の電車は混んでいて、外からは彼の姿はなかなか見つからない。巨人が息を吐くような音で、ドアが開く。びっしりとこぼれ落ちそうな車内の人混みに、三葉はおののく。でも、すみません、と呟《つぶや》きながら、膝の後ろに汗をかきながら、人の間に体を押し込んでいく。ふたたび巨人の息が漏れ、ドアが閉まる。電車が動き出す。すみませんを繰り返して、三葉はすこしずつ進む。そして一人の少年の前で、立ち止まる。周囲の音がふいに消えていく、そんな気が、三葉はする。

目の前には、三年前の、まだ中学生だった俺が立っている。

＊　＊　＊

自転車では、もうこれ以上は登れない。

そう考えたとたん、前輪が木の根にとられてずるりと滑った。

俺は反射的に近くの幹を掴《つか》む。体から離れた自転車が斜面を落下し、三メートルほど下の地面にぶつかって派手な音を立てる。ホイールがぐにゃりと曲がっている。ごめん、テシガワラ。小さく呟いて、俺は狭い山道を走り出す。

どうして忘れていたんだろう。どうして今まで思い出せなかったんだろう。

走りながら、内側から湧き出てくる記憶に目を凝らす。

三葉。三年前、お前はあの日、俺に――。

＊　＊　＊

――たきくん。たきくん、瀧くん。

三葉はさっきから、口の中だけで俺の名前をころがしている。目の前にいるくせに一向に気づかないでいる俺に、どんな声で呼びかければいいのか、どんな表情をすればいいのか、泣き出しそうな真剣さで考え続けている。そして思い切って、笑顔を作って、声に出す。

「瀧くん」

中学生の俺は、突然名を呼ばれたことに驚いて顔を上げる。俺たちの身長はまだ同じくらいだ。目の前に、なんだか潤んで見える大きな瞳《ひとみ》がある。

「え」

「あの、私」

必死の笑顔でそう言って、三葉は自分を指さしてみせる。俺は戸惑う。

「え？」

「……覚えて、ない？」おずおずと、上目遣いになって、知らない女が俺にそう問う。

「……誰？　お前」

三葉は小さく悲鳴のような息をあげる。みるみる赤くなっていく。目を伏せ、消え入りそうな声で言う。

「あ……すみません……」

電車が大きく揺れる。乗客はそれぞれにバランスをとるが、三葉だけが大きく揺られて俺にぶつかる。鼻先に髪が触れ、シャンプーの匂いがかすかにする。すみません、とまた三葉は呟く。ヘンな女、と中学生の俺は思う。三葉は混乱した頭で必死に思う。でも、あなたは瀧くんなのに、どうして、と。どちらにとっても、気まずい時間が流れる。

次は・四ッ谷。そうアナウンスが言い、三葉はすこしホッとして、同時にたまらなく悲しくなる。でも、もうこの場所にはいられない。ドアが開き、何人かの降車客についていて、三葉も歩き出す。遠ざかり始めた背中を見て、俺はふいに思う。このおかしな女の子は、もしかしたら、俺が知るべき人なのかもしれない。そんな説明のつかない、でも強烈な衝動に突き動かされ、あのさあ！　と俺は声を上げている。

「あんたの名前は……」

三葉は振り向く。でも、降車の人波に押されて離れていく。三葉はふいに、後ろ髪を結った組紐《くみひも》をほどく。そして俺に向かって差し出し、叫ぶ。

「みつは！」

俺は思わず手を伸ばす。薄暗い電車に細く差し込んだ夕日みたいな、鮮やかなオレンジ色。人混みに体を突っこんで、俺はその色を強く摑む。

「名前は、三葉！」

＊　＊　＊

三年前のあの日。お前は俺に、会いに来たんだ。

俺はようやくそれを知る。

電車で知らない女に声をかけられただけの、俺にとってはすっかり忘れていた出来事だった。でも、三葉はあれだけの想いを背負って東京に来て、そして決定的に傷つき、町に戻り、髪を切ったのだ。

胸が詰まる。でももうどうしようもなくて、俺はただがむしゃらに走る。三葉《おれ》の顔も体も、汗と土でどろどろに汚れている。いつの間にか樹木は途切れ、眼下には金色の絨毯《じゅうたん》のような雲がひろがり、周囲は苔《こけ》だらけの岩場だ。

頂上に、ついに来たのだ。

冷たい空気を、俺は思いきり吸う。そして、ぜんぶの想いを吐き出すように、ありったけの声で叫ぶ。

「三葉ぁー！」


声が、聞こえた。

私は顔を上げる。立ち上がって、あたりを見回す。

ご神体の盆地をぐるりと取り囲む岩場に、私はいる。沈みかけの夕陽に、すべてのものの影が長く引き伸ばされている。世界は光と影の二つにくっきりと塗り分けられている。でもその中に、人影はどこにもない。

「……瀧くん？」

私は呟いてみる。冷たい空気を、大きく吸い込む。そして瀧くんの喉《のど》で、叫ぶ。

「瀧くーん！」

聞こえた。

いる。三葉はここにいる。

俺は駆け出す。斜面を登り、盆地の縁に駆け上がる。

３６０度、ぐるりと見渡すが人影はない。でも、いるはずだ。強く感じる。俺は叫ぶ。

「三葉ぁ！　いるんだろ？　俺の体の中に！」

瀧くんだ！

私は確信する。姿の見えない空に、大声で問う。

「瀧くん！　ねえ、どこ!?　声は聞こえるのに！」

盆地の縁を、私は駆け出す。

声が、声だけが聞こえる。

この声が——俺の声が、三葉の声が、現実の空気を震わせているのか、それとも魂のような部分にだけ響いているのか、俺にはよく分からない。俺たちは同じ場所にいても、三年ずれているはずだから。

「三葉、どこだ⁉」

でも俺は叫ぶ。叫ばずにはいられない。盆地の縁を全力で走る。そうすれば——

そうすれば瀧くんに追いつける。そんな妄想めいた気持ちで、私は走る。

あ！

思わず声に出して、私は立ち止まる。


立ち止まり、俺は慌てて振り返る。

いま、確かに、すれ違った。

あたたかな気配が目の前にある。胸の中で心臓が跳ねている。

姿は見えないけれど、きっと瀧くんが、ここに、すぐそこに、いる。

どきどきと、心臓が高鳴っている。

ここにいる。私は手を伸ばす。

ここにいる。俺は手を伸ばす。

――でも、指先はどこにも触れない。

「……三葉？」

返事を待つ。でも、誰も答えない。

やはり、だめなのか。会えないのか。もう一度、俺は周囲を見渡す。山の上に一人だけで、俺は立ちつくしている。

俺は目を伏せ途方に暮れて、細く長く、息を漏らす。

そよ、と風が吹き、髪がふわりと持ち上がる。汗はすっかり乾いている。温度が急に下がった気がして、俺は夕陽に目をやる。太陽はいつの間にか雲の後ろに沈んでいる。直射から解放されて、光も影も溶け合って、世界の輪郭がぼんやりと柔らかくなっている。空はまだ輝いていて、しかし地上は淡い影にすっぽりと包まれている。ピンク色の間接光が、周囲に満ちている。

そうだ。こういう時間帯の、呼び名があった。黄昏《たそがれ》。誰《た》そ彼《かれ》。彼《か》は誰《たれ》。人の輪郭がぼやけて、この世ならざるものに出逢《であ》う時間。その古い呼び名。俺は呟《つぶや》く。

——カタワレ時だ。

声が、重なった。

まさか。

雲からゆっくりと目を外して、俺は正面を見る。

そこには、三葉がいた。

まんまるに見開いた瞳《ひとみ》で、ぽかんと口を開けて、俺を見ている。

驚きよりも、その間抜けな表情が愛《いと》おしくておかしくて、俺はゆっくりと笑顔になる。

「三葉」

そう呼びかけると、三葉の両目にみるみる涙が盛り上がる。

「……瀧くん？　瀧くん？　瀧くん？　瀧くん？」

ばかみたいに繰り返しながら、三葉の両手が、俺の両腕に触れる。ぎゅっと、その指に力が入る。

「……瀧くんがおる……！」

絞り出すみたいにそう言って、ぽろぽろと大粒の涙をこぼす。

やっと逢《あ》えた。本当に逢えた。三葉は三葉として、俺は俺として、自分の体で、俺たちは向きあっている。俺は本当にホッとする。言葉の通じない国に長くいて、今ようやく故郷に戻れたように、心底から安心する。穏やかな喜びが体に満ちてくる。ただ泣きじゃくる三葉に、俺は言う。

「お前に、会いに来たんだ」

それにしても、こいつの涙は小さなビー玉みたいに透きとおってころころしている。

俺は笑って続ける。

「ホント、大変だったよ！　お前すげえ遠くにいるから」

そう、本当に遠くに。場所も時間も違うところに。

目をぱちくりさせて、三葉は俺を見る。

「え……でも、どうやって？　私、あの時……」

「三葉の口噛《くちか》み酒を、飲んだんだ」

ここまでの苦労を思いながら俺がそう言うと、三葉の涙がぴたりと止まる。

「え……」

絶句している。まあそうだよな、それは感激しちゃうよな、うん。

「あ……あ……」

そろりそろりと、俺から離れていく三葉。ん？

「あ……、あれを飲んだぁ!?」

「え？」

「ばか！　へんたい！」

「え、ええ!?」

顔を真っ赤にして、どうやら三葉は怒っている。いや、これって怒る流れか!?

「そうだ！　それにあんた、私の胸さわったやろ!?」

「おま！」俺は思いきり動揺する。「ど、どうしてそれを……」

「四葉が見とったんやからね！」両手を腰にやって、子どもを叱りつけるように三葉が言う。

「あああ、すまん、つい……」ちっ、あの幼女よけいなことを。手のひらに汗がにじんでくる。なにか、なにか言い訳しなければ。俺はとっさに言う。

「一回、一回だけだって！」

言い訳になってないじゃーん！　俺のばか！

「……一回だけぇ？　うーん……」

あれ？　三葉はなにやら考え込んでいる。一回だけなら許容範囲ってこと？　意外にも乗り切れそうだ。しかし三葉は訂正するように眉《まゆ》をつり上げる。

「……いや、何回でも同じや！　あほ！」

やっぱだめか。俺は観念し、ぱちんと両手を合わせて「すまん！」と頭を下げる。

本当は毎回もんでいたなんて、とても言えない。

「あ、それ……」

ころりと表情を変え、三葉が驚いたように俺の右手を指さす。俺は手首を見る。

「ああ、これ」

組紐《くみひも》だ。三年前、三葉から受け取ったもの。俺は紐を留めていた小さな金具を外し、くるくると手首から巻き取りながら三葉に言う。

「お前さあ、知りあう前に会いに来るなよ……分かるわけねえだろ」

外した紐を、ほら、と三葉に手渡す。あの時の電車での三葉の気持ちを思い起こし、優しい気持ちになって俺は言う。

「三年、俺が持ってた。今度は、三葉が持ってて」

両手に持った組紐から顔をあげ、

「うん！」と嬉《うれ》しそうな笑顔になって三葉が応《こた》える。三葉が笑うと——今になって、俺は気づく。世界までが、一緒になって喜んでるみたいだ。

　三葉は自分の頭にくるりと組紐を回す。カチューシャのように縦に巻いて、左耳の上でちょうちょ結びにする。

「どうかな？」頰を染めて、上目遣いで俺に訊《き》く。組紐がリボンのように、ボブの横で跳ねている。

「あー……」

　あんま似合ってねえな、と俺は思う。なんかちょっとガキっぽいっていうか。だいたい、そもそもこんなにばっさり髪を切ることなかったんだ。勝手に来て勝手にショックを受けやがって。俺は黒髪ロングが好きだっつーの。

　ということを、俺は一瞬考える。いやしかしこういう場合はとりあえず褒めるのが正解だと、さすがに俺も知っている。三葉から送られてきた『人生で1ミリもモテたことがない君のための会話術』にも、女はとにかく褒めればOKと書いてあったし。

「……まあ、悪くないな」

「……なっ！」三葉の表情がさっと曇る。あれ？

「あんた、似合っとらんって思ってるでしょ！」

「ええ！」なんでバレるんだ⁉

「は、はは……すまん」

「もう……この男は！」

心底呆《あき》れたという顔で、ぷいと横を向いてしまう。なんだこれ。女子との会話って無理ゲーじゃん……。

と、ぷっと三葉は吹き出す。お腹を抱え、くすくすと笑い出す。なんなんだこいつは、泣いたり怒ったり笑ったり。その姿を見ているとしかし、俺の胸にもおかしさが込み上げてくる。俺はうつむいて片手を顔に当て、くっくっと笑い出す。三葉も笑っている。なんだか楽しくなってくる。俺たちはそろって大きな声で笑う。柔らかく輝くカタワレ時の世界、その端っこで、俺たちは小さな子どものように笑い続ける。

すこしずつ、気温が下がっていく。すこしずつ、光が褪《あ》せていく。

「なあ三葉」

放課後にさんざん遊んで、まだまだずっと一緒にいたいのに、そろそろ家に帰らなければならない。子どもの頃のそんな気持ちをふと思い出しながら、俺は三葉に言う。

「まだ、やることがある。聞いて」

テシガワラとサヤちんとの計画を、俺は説明する。真剣に頷《うなず》きながら俺の話を聞く三葉を見て、こいつは覚えているんだと俺は悟る。星が落ち、町が消えたことを。その時に、自分が一度死んだことを。三葉にとって、今夜は再演の夜なのだ。

「来た……」

三葉が空を見て、かすかに震えた声で呟《つぶや》く。視線を追うと、濃紺に染まりつつある西の空に、長く尾を引くティアマト彗星《すいせい》の姿がうっすらと浮かびはじめている。

「大丈夫、まだ間に合う」俺は自分に言い聞かせるように、強く言う。

「うん、やってみる。……あ、カタワレ時が、もう――」

そう喋《しゃべ》る三葉も、いつの間にか淡い影色になっている。

「――もう、終わる」俺も言う。空からは、夕陽の名残がほとんど消えつつある。もうすぐ夜が来る。ふいに湧きあがってきた不安を押し込むように、なあ三葉、と笑顔を作って明るく言う。

「目が覚めてもお互い忘れないようにさ」俺はポケットからサインペンを取り出す。三葉の右手を掴《つか》み、手のひらにペンで文字を書きつける。

「名前書いておこうぜ。ほら」

そう言って、今度は三葉の手にペンを持たせる。

「……うん！」

花が咲くみたいに、三葉がぱっと笑顔になる。俺の右手を持ち、ペン先をつける。

かつん。

足元で、硬く小さな音がした。

下を見ると、ペンが地面に落ちている。

「え？」俺は顔を上げる。

目の前には、誰もいない。

「え……？」

周囲を見回す。

「三葉？　おい、三葉？」

俺は声を上げる。返事はない。慌てて周囲を歩き回る。景色は青黒い闇に沈んでいる。眼下には暗いのっぺりした雲があり、その下の闇の中に、ひょうたん型の糸守湖がぼんやりと見えている。

三葉は消えた。

夜が来たのだ。

三年後の自分の体に、俺は戻っている。

俺は右手を見る。手首の組紐は、もうない。手のひらには、書きかけの細い線が一本だけ短く引かれている。その線に、そっと触れてみる。

「……言おうと思ったんだ」

俺はその線に向かって、小さく独りごちる。

「お前が世界のどこにいても、俺が必ず、もう一度逢《あ》いに行くって」

空を見上げる。彗星の姿はどこにもなく、いくつか星が瞬きはじめている。

「──君の名前は、三葉」

記憶を確認するように、確かなものにするように、俺は目をつむる。

「……大丈夫、覚えてる！」

自信を深めて、目を開く。白い半月が遠い空にある。

「三葉、三葉……。三葉、みつは、みつは。名前はみつは！」

半月に彼女の名を、俺は叫んでいる。

「君の名前は……！」

ふいに、言おうとした言葉の輪郭が、ぼやける。

俺は慌ててペンを拾う。名前の最初の一文字を、手のひらに書く。書こうとする。

「……！」

でも線一本を引いたところで、俺の手は止まってしまう。ペン先が震えはじめる。

それを止めたくて、俺は思いきり力を込める。針のように突き刺して、消えない名前を刻もうとする。でも、ペン先はもう1ミリも動かない。そして俺の口が、言う。

「……お前は、誰だ？」

俺の手から、ペンが落ちる。

消えていく。君の名前が。君の記憶が。

「……俺は、どうしてここに来た？」

俺はそれをどうにか繋《つな》ぎとめたくて、記憶のかけらをなんとかかき集めたくて、声に出す。

「あいつに……あいつに逢うために来た！　助けるために来た！　生きていて欲しかった！」

消えていく。あんなにも大切だったものが、消えていく。

「誰だ？　誰だ、誰だ……？」

こぼれ落ちていく。あったはずの感情までが、なくなっていく。

「大事な人、忘れちゃだめな人、忘れたくなかった人！」

悲しさも愛《いと》おしさも、すべて等しく消えていく。なぜ自分が泣いているのかも、俺はもう分からない。砂の城を崩すように、感情がさらさらと消えていく。

「誰だ、誰だ、誰だ……」

砂が崩れた後に、しかし一つだけ消えない塊がある。これは寂しさだと、俺は知る。その瞬間に俺には分かる。この先の俺に残るのは、この感情だけなのだと。誰かに無理矢理持たされた荷物のように、寂しさだけを俺は抱えるのだと。

――いいだろう。ふと俺は、強くつよく思う。世界がこれほどまでに酷い場所ならば、俺はこの寂しさだけを携えて、それでも全身全霊で生き続けてみせる。この感情だけでもがき続けてみせる。ばらばらでも、もう二度と逢えなくても、俺はもがくのだ。納得なんて一生絶対にしてやるもんか――神さまにけんかを売るような気持ちで、俺はひととき、強くつよくそう思う。自分が忘れたという現象そのものも、俺はもうすぐ忘れてしまう。だから、この感情一つだけを足場にして、俺は最後にもう一度だけ、大声で夜空に叫ぶ。

「君の、名前は？」

その声は、こだまとなって夜の山に響く。虚空に繰り返し問いかけながら、すこしずつ小さくなっていく。

やがて、無音が降りてくる。

第七章　うつくしく、もがく

私は走る。

暗い獣道を、彼の名前を繰り返しながら、ひたすらに走る。

瀧くん、瀧くん、瀧くん。

——大丈夫、覚えてる。ぜったいに忘れない。

やがて木々の隙間に、糸守町の明かりがちらちらと見えはじめる。風に乗った祭りばやしが、かすかに切れぎれに耳に届きはじめる。

瀧くん、瀧くん、瀧くん。

空を見上げると、長く尾を引くティアマト彗星《すいせい》が月よりも明るく輝いている。すくみそうになる恐怖を、私は彼の名前を叫んで、ぎゅっと押し込む。

君の名前は、瀧くん！

原付バイクの音に顔を上げると、坂を登ってきたヘッドライトが目を射《う》った。

「テッシー！」私は声を上げて原付に駆け寄る。

「三葉！　お前、今までどこにおったんや⁉」

叱りつけるような声。とても説明できない。学ラン姿で袖《そで》をまくり上げ、まるで洞《どう》窟《くつ》探検みたいな大きなライト付きヘルメットをかぶったテッシーに、私は瀧くんからの言葉を伝える。

「自転車壊しちゃって、ごめんやって」

「はあ？　誰が？」

「私が！」

テッシーは眉《まゆ》をひそめ、でも無言のまま原付のエンジンを切りヘルメットのライトを点《つ》けた。駆け出しながら、「あとで全部説明してもらうでな！」と荒らげた声を出す。

糸守変電所・社有地につき立入禁止。金網にはそう記されたプレートがかかげられていて、その向こうには変圧器や鉄塔が複雑なシルエットを形作っている。無人の施設で、明かりは機械に取り付けられた赤いランプがぽつりぽつりと見えるだけだ。

「落ちるんか？　あれが。マジで⁉」

空を見上げて、テッシーが私にそう訊《き》く。私たちは変電所の金網の前で、ぎらぎらと輝く彗星を見つめている。

「落ちる！　この目で見たの！」

私はテッシーの目をまっすぐに見て言う。落下まであと二時間。説明している時間なんてない。テッシーは一瞬の怪訝《けげん》な表情のあとで、「はっ！」と鋭く息をはき、にやりと笑った。なんだかヤケクソにふりしぼったような笑顔。

「見たってか！　じゃあ、やるしかないなぁ！」

そう言ってテッシーが勢いよくスポーツバッグを開けると、茶色い紙に包まれたリレーのバトンのような筒が、そこにはぎっしりと詰まっていた。含水爆薬《がんすいばくやく》。私はごくりとつばを飲む。テッシーは大きなボルトカッターを取り出し、変電所の入り口にぐるぐると巻かれた鎖にカッターの刃をあて、三葉、と言う。

「これ以上やったら、いたずらじゃ通らんぞ」

「お願い。責任はぜんぶ、私にあるで」

「あほか！　そんなこと訊いてんじゃねえわ」

怒ったようにそう言って、テッシーはなぜかちょっと赤くなる。

「これで、二人仲良く犯罪者や！」

暗闇を破くみたいに、鎖が切断される音が大きく響く。

「町が停電したら、学校はすぐに非常用電源に切り替わるはずやから！　そしたら放送機器も使えるで！」

　スマフォに向かって、テッシーが叫んでいる。テッシーは原付を運転していて、私は後ろからテッシーの口にスマフォを当てている。すれ違う車はほとんどなく、夜の県道沿いにはちらほらと民家の明かりが見えはじめている。そして私たちが向かう先に、山の斜面を挟んで光が密集した一画がある。秋祭りの会場、宮水神社だ。長く留守にしていた故郷にようやく戻ってきたような奇妙な懐かしさを、私はふいに感じる。

「三葉、サヤちんが代わってくれやと」

「もしもし、サヤちん！」私はスマフォを自分の耳に当てる。

「え〜ん、三葉ぁ〜！」

　サヤちんは涙声だ。

「ねえちょっと、私、ほんとにやらないかんのぉ!?」

　不安げな声に、ずきんと胸が痛む。私だって、サヤちんの立場だったら泣いちゃっていると思う。夜の放送室に一人で忍び込んでくれただけでも、友情がなければ絶対に出来っこない。

「サヤちんごめん、でも、お願いやから！」

今の私には、これしか言えない。

「一生のお願いやから！　私たちがこれをしないと、たくさんの人が死ぬんよ！　放送を始めたら、できるだけ長く繰り返して！」

返事がない。受話器からくぐもって聞こえるのは、鼻をすする小さな音だけ。

「サヤちん？　ねえ、サヤちん！」

私は不安になる。ふいに、よしっ、という声が小さく聞こえる。

「ええい、もうヤケや！　テッシーに、あんたもおごれって言っといて！」

「サヤちん、なんやって？」

私はスマフォをスカートのポケットにしまいながら、原付のエンジン音に負けないように、大声でテッシーに答える。

「あんたもおごれやって」

「おっしゃあ、やったれやぁ！」

なにかを上書きするような勢いでテッシーが叫んだ瞬間、花火の大玉が破裂したような音が、背中で響いた。

原付を止め、私たちは振り返る。二つ、三つ。また一つ。破裂音が連続して響き、さっきまで私たちがいた山の中腹から、太い黒煙が立ちのぼりはじめる。巨大な送電塔が、スローモーションみたいに傾いていく。

「テッシー……！」

私の声が、震えている。

「ははっ！」

笑いに聞こえるテッシーの息も、震えている。

と、ひときわ大きな爆発音がして、町中の明かりが、ふいに消えた。

おい、と、なんだかぼんやりした声でテッシーが言う。停電やね、と、そのまんまを私は返す。

やったのだ。私たちが。

突然、湧きあがるようにしてサイレンが鳴りはじめた。

ウウウウウウウウウウ…………！

町中のスピーカーから、耳をつんざく暴力的な音量でそれは響く。巨人の悲鳴のようなその不吉な音は、山々に反響してぐるぐると町を取り囲んでいく。

サヤちんだ。防災無線を、乗っ取ったんだ。

私たちは無言で頷《うなず》きあって、また原付にまたがる。神社に向かって走り出すと、まるで私たちを後押しするみたいにサヤちんの声がスピーカーから流れはじめる。作戦通りの文面を、さっきまでの涙声が嘘みたいに、落ちついた調子でゆっくりとサヤちんは喋《しゃべ》る。

『こちらは、町役場です。糸守変電所で、爆発事故が発生しました。さらなる爆発と、山火事の危険性があります』

テッシーの原付は県道を逸《そ》れ、細い山道を登っていく。神社に続く女坂で、この道からならば参道の石階段を登らなくても原付で本殿の裏まで辿《たど》り着ける。がたがたと揺れる座席でテッシーの背中にしがみつきながら、町中に響いているサヤちんの声を私は聞いている。お姉ちゃんの声にそっくりで、役場の放送じゃないなんて疑う人はきっと誰もいないだろう。

『次の地域の人は、いますぐ、糸守高校まで避難してください。門入《かどい》り地区、坂上《さかがみ》地区、宮守《みやもり》地区、親沢《おやざわ》地区……』

「いよいよや。いくぞ三葉！」

「うん！」私たちは原付から飛び降りる。神社の裏山、その斜面に据え付けられた木製の階段を駆け下りていく。木々の間からは、境内にずらりと並んだ屋台の屋根、その間を右往左往する人々の姿が、まるで暗い水槽に詰め込みすぎた魚みたいに見えている。駆けながら、私たちはヘルメットを脱ぎ捨てる。

『繰り返します。こちらは、糸守町役場です。変電所で、爆発事故が発生しました。さらなる爆発と、山火事の危険性があります……』

　階段を下りきると、そこは本殿の裏手だ。すぐそこには祭り会場に集まった人々のシルエット、不安そうなざわめき。私とテッシーは競うように、その中に駆け込む。走りながら叫ぶ。

「逃げろー！　山火事になっとる、ここは危険やぁ！」

　テッシーの声は、まるでメガホンを通したみたいにばかでかい。私も負けないように大声を張り上げる。逃げてください、山火事です、逃げてください！　そして境内のどまんなかに私たちは躍り出る。

「ええ、ほんとに山火事やって！」

「なあ逃げようよ」「高校まで歩くの？」

もともと防災無線で出来ていた避難の流れが、私たちの大声で後押しされていく。浴衣姿の男女、子どもたち、孫と手をつないだお年寄りが、出口の鳥居に向かってぞろぞろと歩いていく。私はほっとする。これならば、きっと間に合う。あの人のおかげで——。……あの人？

「三葉！」

鋭く名前を呼ばれて、私はテッシーを見上げる。

「こりゃヤベえぞ！」

テッシーの視線を追ってあたりをよく見ると、屋台の脇にのんびりと座り込んでいる人や立ち話をしている人たちが、たくさんいる。煙草を吸ったりお酒を飲んだり、楽しそうに談笑すらしている。

「山火事がマジで迫りでもしんと、こいつら全員はとても動かせん！ 消防を出してもらって、避難誘導せにゃ。お前、役場に行って今度こそ町長を……」

テッシーの焦った声がすぐ頭の上から、でも、やけに遠く聞こえる。……あの人？

「おい、三葉……どうした？」

「……テッシー、ねえ、どうしよう……？」

なにも考えることができず、私は気づけばテッシーに訴えている。

「あの人の名前が……思い出せんの！」

テッシーの顔が、心配げに歪《ゆが》む。と、突然、

「知るか、あほう！」と怒鳴りつけられた。

「周りを見ろや！　これはぜんぶ、お前が始めたことや！」心底腹が立つ、という顔でテッシーが私をにらんでいる。いますぐ、糸守高校まで避難してください――スピーカーからそう繰り返すサヤちんの声が、泣き出しそうに震えていることに今さらに私は気づく。三葉、行けよ！　と今度は懇願するように、テッシーが悲痛に叫ぶ。

「行って、オヤジさんを説得してこい！」

頬を張られたように、私の背筋が伸びる。

「……うん！」

精一杯の強さで私は頷き、振り切るように、駆け出す。背中でテッシーの叫び声がふたたび聞こえる。「逃げろってば、高校まで行くんや！」町中にサヤちんの声がこだましている。「山火事の危険性があります。糸守高校まで避難してください」私は人の流れをかきわけて、鳥居をくぐって参道の石段を駆け下りる。

これはぜんぶお前が始めたことや、テッシーはそう言った。そうだ、これは私が、

私たちが始めたことだ。私は走りながら、頭上の彗星《すいせい》を睨《にら》みつける。地上の明かりが

消えたぶん、彗星はますます明るい。雲の上に長く尾をたなびかせて、巨大な蛾のよ

うに輝く鱗粉《りんぷん》をふりまいている。あんたの思い通りになんかなるもんか、と挑むよう

に思う。大丈夫、まだ間に合う——誰かに強く言われたその言葉を、私は口の中で繰

り返す。

＊　　＊　　＊

それは秋のはじめで、俺はまだ、中学生だった。

父さんと二人きりの生活にもやっと慣れてきた頃で、二人で苦労して作ったわりに

はさほど美味《うま》くもなかった夕食を終え、父さんはビールを、俺はりんごを食べながら

お茶を飲んでいた。

その日のテレビは、彗星の最接近のニュースで持ちきりだった。俺は星にも宇宙に

も特段の興味なんかなかったけれど、千二百年周期で太陽を回っているとか、軌道半

径が百六十八億km以上とか、そういう人間とはぜんぜん違うスケールの現象が実はこ

の世界にはありふれているのだということは、なんだかすすげえと思っていた。ばかみ

たいな感想だけれど、ぞくぞくするくらいにすごくて、同時に心臓が震えるくらいに怖いと、俺は思っていた。

『ご覧ください！』

突然に興奮した声で、実況中のアナウンサーが叫んだ。

『彗星が二つに分裂したように見えます。その周囲には……無数の流星が発生しているようです』

カメラがズームすると、東京の高層ビルを背景に、たしかに彗星が二股《ふたまた》に分かれているように見えた。流星群のような細い筋が、彗星の先端に現れては消えている。それは作りものめいた精巧な美しさで、俺は思わず目を見張ったのだった。

＊　＊　＊

防災無線の放送に、突然、ガチャリ、と扉が開く音が混じった。

きゃっ、とサヤちんの短い悲鳴が聞こえ、続いて聞き覚えのある男性何人かの声がスピーカーから流れた。

『お前、なにしとるんや！』『早く切りなさい！』

ガタガタと椅子が倒れるような音があり、それからキィンと短いハウリングを残して、防災無線はぶつりと途切れた。

「サヤちん……!」私は立ち止まり、思わず声を上げた。

先生に、見つかったんだ。大粒の汗が思い出したみたいに噴き出して、ぼたぼたと音を立ててアスファルトに落ちる。ここは湖をぐるりと囲む県道で、役場や高校に続く道だ。高校に避難しようとしていた何人かの姿から、戸惑った声が聞こえてくる。

「なんや、どういうことや?」「え、なんかトラブル?」「避難、どうすんの?」

まずい、と思ったとたん、防災無線からふたたび声が流れた。

『こちらは、糸守町役場です』

サヤちんでも、サヤちんお姉さんでもない。これも時々聞いたことのある、役場の放送担当のおじさんだ。

『ただいま、事故状況を確認しています。町民の皆さまは、慌てず、その場で待機して、指示をお待ちください』

弾《はじ》かれるように、私はまた駆け出す。

無線の発信元がバレて、役場から学校に連絡が行ったんだ。サヤちんが先生たちに問い詰められちゃう。テッシーだって、これじゃピンチだ。

『繰り返します。慌てず、その場で待機して、指示をお待ちください』

待機じゃだめだよ！　こんな放送、やめさせなくちゃ！

私は県道から逸れて、アスファルトの隙間からやぶの茂った斜面に突っこんでいく。役場への近道。茂みの棘《とげ》が生足をこすって、ずきずきと痛みが走る。蜘蛛《くも》の巣が顔に貼りつき、得体の知れない羽虫が口に入る。

ようやく斜面を下りきり、私はふたたびアスファルトに駆け出る。周囲には誰の姿も見あたらず、防災無線の声だけがその場での待機を伝え続けている。私は走りながら口に溜《た》まったつばを吐き、汗と涙と蜘蛛の糸でベタつく顔を袖《そで》でぎゅっとぬぐう。もう脚に力が入らず、私はふらついている。それでも走る。下り坂で、スピードは落ちない。緩いカーブで、体がガードレールに近づいていく。その下は湖につながる斜面だ。

「……え!?」

違和感にふと目を向ける。湖が、淡く光っている。私は走ったまま目を凝らす。

違う、水が光ってるんじゃなくて、凪《な》いだ水面が空を映してるんだ。まるで鏡のように、湖には二本の光る尾が映り込んでいる。……二本？　私は空を見上げる。

——ああ、とうとう彗星が、

「……割れとる！」

＊　＊　＊

俺はテレビのチャンネルを次々と切り替える。どの局でも、突如発生した予想外の天体ショーを、興奮した口ぶりで伝えている。

『たしかに、彗星が二つに分裂しています』

『これは事前の予想にはありませんでしたね』

『しかし、これは非常に幻想的な眺めです……』

『彗星の核が割れた、と断定して良いのでしょうか』

『潮汐力《ちようせきりよく》、ロシュ限界は超えていないはずですから、考えられるのは彗星内部でなんらかの異変が発生し——』

『まだ国立天文台からの発表はありませんが……』

『似たような事例では一九九四年のシューメーカー・レヴィ彗星が木星に落下、その際にはすくなくとも二十一個の破片に分裂したことが……』

『危険性はないんでしょうか？』

『彗星は氷の塊ですから、おそらく地表に到達する前に融解してしまうと思われます。また仮にこれが隕石となった場合でも、確率的には人間の居住地域に落下する可能性は非常に低く……』

『リアルタイムでの破片の軌道予測は困難で――』

『これほど壮麗な天体現象を目撃していること、また、日本がちょうど夜の時間帯であることは、この時代に生きる私たちにとってまさに千年に一度の幸運と言えるのではないでしょうか――』

「俺、ちょっと見てくる！」

思わず椅子から立ち上がり、父さんにそう言ってマンションの階段を駆け下りた。

近所の高台で、夜空を見上げた。

無数のきらめく光が――まるで空にもうひとつの東京が覆い被《かぶ》さったように、そこにはあった。それは夢の景色のように、ただひたすらに、美しい眺めだった。

＊　＊　＊

二つに割れた彗星が、停電の町を迷子のように一人で走っている私の寂しさを、くっきりと浮かび上がらせる。

――誰、誰。あの人は誰？

彗星から目を離せぬまま、落ち続けるように走り続けながら、私は必死に考える。

――大事な人。忘れちゃだめな人。忘れたくなかった人。

町役場までは、あとすこし。あの彗星が隕石となって落ちてくるまで、あとすこし。

――誰、誰。きみは誰？

最後の力をふりしぼる。私はスピードを上げる。

――君の、名前は？

きゃっ！　と、思わず声が出た。

爪先《つまさき》がアスファルトのくぼみにはまり、転ぶ、と思った瞬間には、もう地面が目の先にあった。顔をぶたれる衝撃があり、体がぐにゃりと回転し、突き刺すような痛みが広がり、視界が回り、そして意識が、途切れた。

……………………

……………

……でも。

君の声は、耳に届く。

「目が覚めてもお互い忘れないようにさ」

あの時君はそう言って、

「名前書いておこうぜ」

私の手に書いたんだ。

倒れたまま、私は目を開く。

ずきんずきんとにじむ視界に、私の握った右手がある。指を開く。開こうとする。

でも、硬くこわばっている。それでもすこしずつ、私は指を開いていく。

なにか、文字がある。目を凝らす。

すきだ

息が、一瞬とまる。私は立ち上がろうとする。力がうまく入らなくて、長い時間がかかる。それでも私の二本の脚は、もう一度アスファルトに立つ。そしてもう一度、手のひらを見る。いつか見たことのある懐かしい筆跡で、すきだ、とだけ書かれている。

……これじゃあ、と私は思う。涙が溢《あふ》れて、視界がまたにじむ。涙と一緒にまるで湧き水みたいに、あたたかな波のようなものが体中に広がっていく。私は泣きながら笑って、君に言う。

これじゃあ、名前、分かんないよ――。

そしてもう一度、全力で、走り出す。

もうなにも怖くない。もう誰も恐れない。もう私は寂しくない。

やっとわかったから。

私は恋をしている。私たちは恋をしている。

だから私たちは、ぜったいにまた出逢《であ》う。

だから生きる。

私は生き抜く。

たとえなにが起きても、たとえ星が落ちたって、私は生きる。

＊　＊　＊

彗星の核が近地点で砕けることも、氷で覆われたその内部に巨大な岩塊がひそんでいたことも、事前には誰も予想できなかった。

町は、その日がちょうど秋祭りだったそうだ。落下時刻は二十時四十二分。衝突地点は、祭りの舞台でもあった宮水神社付近。

隕石落下により、神社を中心とした広範囲が瞬時に壊滅した。衝撃により形成されたクレーターの直径はほぼ一㎞。そこに隣接していた湖の水が流れ込み、町の大半が湖に没してしまった。糸守町は、人類史上最悪の隕石災害の舞台となったのだ。

ひょうたん型の新糸守湖を眼下に見ながら、俺はそんなことを思い出していた。うっすらとした朝霧の中で太陽を反射するその姿はどこまでも静謐《せいひつ》で、三年前にそんな惨劇の舞台だったとはうまく想像できない。三年前に東京の空に見た彗星がこれをもたらしたということも、なんだかうまく納得できない。

岩だらけの山頂に一人きりで、俺は立っている。

目が覚めたら、ここにいたのだ。

ふと、俺は右手を見る。手のひらに、書きかけのような一本の線がある。

「なんだ、これ……？」

俺は小さくつぶやく。

「俺、こんな場所で、なにしてたんだ？」

第八章　君の名は。

知らぬ間に身についてしまった癖がある。

たとえば、焦った時に首の後ろ側を触ること。顔を洗う時、鏡に映った自分の目を覗《のぞ》き込むこと。急いでいる朝でも、玄関から出てひととき風景を眺めること。

それから、手のひらを意味もなく見つめること。

次は・代々木・よよぎー。

合成音声がそう告げて、俺はまた、自分がそうしていたことに気づく。右手から視線をはずし、なにげなく窓の外を見る。減速しつつある窓の外を、ホームに立つたくさんの人が流れていく。

突然、全身が総毛立った。

すこし遅れて、彼女だ、と思った。

ホームに彼女が立っていた。

停車し、ドアが開ききるのももどかしく、俺は電車から駆け出す。体ごと回すようにしてホーム中に視線を走らせる。何人かの乗客が俺を不審げに見たまま通り過ぎていき、俺はようやく冷静になる。

別に探している人なんて誰もいないのだ。「彼女」とは、誰でもない。

これも知らぬ間に身についてしまった、たぶん、妙な癖だ。

気づけばふたたび、俺はホームに立ったままで手のひらを見つめている。そして、あとすこしだけ——と思う。

もうすこしだけでいい。あとすこしだけでいいから。

その先の望みがわからぬまま、でも俺は、いつからかなにかを願っている。


「御社を志望いたしました理由は、私が建物を——いえ、というか街の風景を、人の暮らしている風景全般を、好きだからです」

目の前の面接官四人の顔が、かすかに曇った。いやいや気のせいだ、と俺は思う。二次面接までこぎ着けたのは、この会社が最初だ。逃すわけにはいかねえぞ、と俺はあらためて気合いを入れる。

「昔から、そうでした。自分でも理由はよくわからないんですが、あの……とにかく好きなんです。つまり建物を眺めたり、そこで暮らしたり仕事をしたりしている人たちを眺めたりすることが。だからカフェとかレストランとかにはよく通いました。バイトもさせてもらったり……」

「――なるほど」と、面接官の一人が柔らかくせき止めるように言う。「では飲食業界ではなく、なぜ建設業界を志望なさったのかを聴かせていただけませんか？」

そう訊《き》いてきたのは四人の中でも唯一優しそうに見えた中年女性で、俺は見当違いの志望動機を喋《しゃべ》っていたことにようやく気づく。着慣れないスーツの中で汗が噴き出す。

「それは……バイトの接客も楽しかったですけど、もっと大きなものに関わりたいというか……」

もっと大きなもの？　これじゃ中学生の回答だ。顔が赤くなっていくのが自分でも分かる。

「つまり……、東京だって、いつ消えてしまうか分からないと思うんです」

面接官たちの表情が今度こそ、はっきりと曇る。首の後ろを触っていたことに気づき、慌てて両手を膝《ひざ》の上に戻す。

「だからたとえ消えてしまっても、いえ、消えてしまうからこそ、記憶の中でも人をあたためてくれるような街作りを――」

ああ、だめだ。自分で言っていて意味不明だ。ここもまた落ちた。面接官の後ろにそびえる灰色の高層ビルにちらりと目をやりながら、俺は泣き出したいような気分で思った。

「で、面接、今日で何社目？」と高木に訊かれ、

「数えてねえよ」と、俺は憮然《ぶぜん》と答える。

司がやけに楽しそうに「受かる気がしないな」と言い、「お前が言うな！」と不機嫌に返す。

「スーツが似合わなすぎだからじゃね？」ニッと笑って高木が言う。

「お前らだって似たようなモンじゃねえか！」と俺は気色ばむ。

「俺、内定二社」と楽しそうに高木が言い、

「俺、八社」と見下したように司が言う。

「くっ……！」

返す言葉がない。コーヒーカップが、屈辱に震える手の先でカチカチと鳴る。

ぴろりん。

テーブルに置いたスマフォが音を立てた。俺はメッセージをチェックし、残ったコーヒーを一息で飲み干し、椅子を立った。

そういえば高校時代、このカフェには三人でよく来たな。ふとそう思い出したのは、司と高木に手を振って別れ、小走りで駅に向かい始めてからだった。あの頃は毎日気楽なもんだったよな。将来だの就職だのを考える必要もなかったし、それになんだか、毎日がばかみたいに楽しかった。特にあの夏は——高校二年頃だったか、あの夏は本当に、とびきりに楽しかったような気がする。目に映るものすべてに、俺はわくわくと心を躍らせていたような気がする。——なにがあったんだっけ、と俺は考え、いや別に特別なことなんてなにもなかった、と結論を出す。単に、箸《はし》が転んでもおかしいような年頃だったってだけか。

……いや、それは少女に対しての慣用句だったか。そんなことをぼんやりと考えながら、俺は地下鉄の階段を駆け下りた。

「おっ。就活中だねえ」

スマフォから顔を上げて俺のスーツ姿を見、奥寺先輩は笑って言う。夕方の四ッ谷駅前は、一日の仕事や学校から解放された人々のどこかのんびりとしたざわめきに満ちている。

「はは。まあ、だいぶ手こずってますけど」

俺の言葉を聞いて、先輩は「うーん」と唸《うな》って俺に顔を近づける。頭の上から爪先《つまさき》まで、なにやら難しい顔で検分している。そして深刻そうに、先輩は言う。

「スーツが似合ってないからじゃない？」

「そっ……そんなに似合ってないすか!?」

俺は思わず自分の体を見おろす。

「やだなー、冗談だよっ！」

ころりと切り替わるように、満面の笑みで先輩が言う。

ちょっと歩こうよという先輩に付き合って、俺たちは新宿通りを大学生の波に逆らって歩き出した。紀尾井町《きおいちょう》を横切り、弁慶橋を渡った。街路樹が色づいていることに、俺は初めて気づく。すれ違う人々は半分くらいが薄手のコートを羽織っている。奥寺先輩も、アッシュグレイのゆったりとしたコートをまとっていた。

「今日はどうしたんですか、急にメールなんて」

俺だけ季節に乗り遅れてるなと思いながら、隣を歩く先輩に訊く。

「なによ」グロスの唇を先輩は尖《とが》らせる。「用がなくちゃ連絡しちゃいけないの？」

「いやいやいや！」俺は慌てて手を振る。

「久しぶりに私に会えて嬉《うれ》しいでしょう？」

「あ、はい、嬉しいっす」

俺の返事に満足そうな笑顔を見せて、先輩は言う。

「仕事でこっちまで来たから、ちょっと瀧くんの顔でも見ておこうと思ってね」

大手アパレルチェーンに勤める先輩は、今は千葉にある支店で働いているそうだ。郊外の生活もなかなか楽しいけれど、やっぱり東京はにぎやかで特別だねと、なんだか眩《まぶ》しそうに周囲を眺めながら先輩は話す。

ねえ見て、とふいに言われ、俺は顔を上げた。

歩道橋を渡る俺たちの目の高さに、家電量販店の街頭ビジョンがある。映し出されているのは、ひょうたん型の糸守湖の空撮映像と、「彗星《すいせい》災害から八年」という大きな文字。

「私たち、いつか糸守まで行ったことあったよね？」

遠い記憶を探るように目を細めて、先輩が言う。

「あれって、瀧くんがまだ高校生だったから……」

「五年前、かな」と俺は言葉を継ぐ。

「そんなに……」先輩は驚いたように小さく息をはく。「なんだか、いろいろと忘れちゃってるな」

そうなんだよな、と俺も思う。歩道橋を降り、赤坂御用地に沿った外堀通《そとぼりどお》りを歩きながら、俺は当時の記憶を辿《たど》ろうとする。

高校二年の夏――いや、あれはちょうど今頃の季節、秋のはじめだった。俺は司と奥寺先輩と三人で、短い旅行をしたのだ。新幹線と特急を乗り継いで岐阜まで行き、ローカル線沿いの土地を目的もなく歩き回った。そうだ、国道沿いにぽつんと建っていたラーメン屋に入ったんだ。それから……それからの記憶が、まるで前世の記憶みたいに遠くぼやけている。けんかでもしたのだろうか、俺だけが、二人とは別行動を取ったことはなんとなく覚えている。一人でどこかの山に登り、そこで夜を明かし、翌日一人で東京に戻ったのだ。

そうだ――。あの時期、俺は彗星をめぐって起きたあの一連の出来事に、ひどく関心を引かれていたのだ。

彗星の破片が一つの町を破壊した、人類史上まれに見る自然災害。それなのに町の住民のほとんどが無事だったという、奇跡のような一夜。彗星落下のその日、糸守町では偶然にも町を挙げての避難訓練があり、町民の大半が被害範囲の外にいたというのだ。

あまりの偶然と幸運に、災害後は様々な噂が囁《ささや》かれたことを覚えている。未曾有《みぞう》の天体現象と、並外れた町民の幸運は、多くのメディアと人々の想像力を掻《か》き立てるに十分だったのだ。糸守町の龍神《りゅうじん》伝説と彗星来訪を関連づけた民俗学めいたものから、避難を強行したという糸守町町長の強権を賞賛したり疑問視したりする政治的言説、さらには隕石《いんせき》落下は実は預言されたものだったとするオカルトめいたものまで、雑多で無責任な言葉が連日乱れ飛んでいた。そもそもが陸の孤島のような秘境然とした町だったことや、隕石落下の二時間ほど前には全域が停電していたらしいという奇妙な情報も、人々の憶測に拍車をかけていた。被災者の他地域への受け入れプログラムが一段落するまで世間のその熱狂は続き、しかし多くの事件と同様、やがて季節が終わるころには、糸守町の話題は巷間《こうかん》からゆっくりと消えていった。

それにしても——と俺はあらためて妙に思う。糸守町のスケッチ画まで、俺は何枚か描いていたのだ。しかも俺のあの熱病めいた興味は、彗星落下から何年か経ってから突然湧きあがったのだ。まるで遅れてやって来た彗星みたいに、突如俺を訪れ、跡形もなく去って行ったなにか。あれはいったい——

まあ、今さらいいか。外堀通り沿いの高台から、夕闇に沈みつつある四谷の街を眺めながら、俺は思う。今さらもう、どうでもいい。壁に書きつけるようにそう思う。

よく覚えていない昔の出来事より、俺が考えるべきは来年の就職だ。

風が出てきたね、と囁くように先輩が言い、彼女のウェーブがかった長い髪がふわりと持ち上がる。ずっと昔、ずっと遠いどこかでかいだような甘やかな匂いが、かすかに俺に届く。その香りに、条件反射のように俺の胸は切なく湿る。


「今日は付きあってくれてありがとう。ここまででいいよ」

学生時代にバイトをしていたイタリアンレストランで二人で夕食を食べ、「瀧くん、そういえば高校卒業したらおごってくれるって言ったよね？」という身に覚えのない謎約束により俺が先輩におごることになり、それでも俺はどこか誇らしい気持ちで支払いをし、駅の改札まで見送ろうとしたところで、そう言われた。

「それにしても私たちのバイト先って、あんなに美味《おい》しいお店だったんだね」

「バイトの時の賄い、給食みたいなもんばっかでしたもんね」

「何年も気づかなかったよね」

俺たちは笑う。先輩が気持ちよさそうに息を深く吸い、じゃあまたね、と言う。手を振る先輩の薬指に、細い水滴のような指輪が光っている。

君もいつか、ちゃんと、しあわせになりなさい。

私結婚するの、とエスプレッソを飲みながら告げた先輩は、その後で俺にそう言ったのだ。うまく返答ができずに、俺はもごもごとお祝いの言葉を口にしただけだった。

俺は別に、ふしあわせじゃない。歩道橋の階段を降りていく先輩のシルエットを見ながら、俺はそう思う。でも、しあわせがなにかも、まだよく分からない。

ふと、手のひらを俺は見る。不在だけが、そこには載っている。

もうすこしだけ——、と俺はまた思う。

気づけば、また季節が変わっていた。

やけに台風の多い秋が過ぎ、そこからなんの区切りもなく、冷たい雨ばかりの冬が来た。遠い日のおしゃべりの記憶のように、今夜も雨の音がずっとひそやかに鳴っている。クリスマスのイルミネーションが、水滴で混み合った窓の向こうでちかちかと瞬いている。

俺は雑念を飲み込むように紙コップのコーヒーを一口飲み、あらためて手帳に目を落とす。手帳には、十二月になった今でも就活のスケジュールがびっしりと書き込まれている。

OB訪問、説明会、エントリー締め切り、ペーパー日程、面接予定。大手ゼネコンから設計事務所、下町工場《こうば》まで、見境なしのラインナップに我ながらうんざりしつつ、スマフォのスケジューラーと手帳の文字を見比べる。明日以降の要点を整理して、手帳に書きつけていく。

——やっぱりもう一回、ブライダルフェア行っときたいなあ。

雨の音と混じると、知らない人の会話までがなんだか秘密めいて聞こえる。さっきから後ろのカップルが結婚式の相談をしていて、それは奥寺先輩を連想させるけれど、声と雰囲気がぜんぜん違う。どこかのんびりとした地方のなまりが混じっていて、その男女の会話には幼なじみめいた安心しきった空気が漂っている。二人の会話に、俺はなんとなく耳をとられる。

「もう一回？」うんざりしたように、でも声ににじむ親愛は隠しようもなく、男が応《こた》える。「ブライダルフェアなんて、もう散々行ったやろう。どこも似たようなもんやったやろ」

「いやなんかね、やっぱ神前式もいいかなって」

「お前、チャペルが夢だって言っとったに」

「だって一生に一度のことやもん、そんな簡単に決められんもん」

でも決めたって言っとったよ、と男が小さく抗議し、俺はくすりとする。女はそれを無視し、んー……、と思案声を漏らしている。

「それよりテッシーさあ、式までにヒゲ剃《そ》ってよね」

コーヒーを飲もうとした俺の手が、ぴたりと止まる。

自分でも理由が分からないまま、鼓動が速くなっていく。

「私も三キロ痩《や》せてあげるでさ」

「お前、ケーキ喰《く》いながらそれ言うかあ？」

「明日から本気出すの！」

ゆっくりと、俺は後ろを見る。

二人はすでに席から立ち上がり、コートに袖《そで》を通しているところだ。ひょろりと背の高い男が、坊主頭にニット帽をかぶる横顔だけがちらりと目に入る。女は小柄で、おかっぱの髪型がまるで学生のように幼げな印象だ。そのまま二人は背を向けて、店を出ていく。俺はなぜか、二人の背中から目をそらすことができない。「ありがとうございました」というカフェの店員の声が、雨と混じって曖昧《あいまい》に耳に届く。

店を出る頃には、雨は雪に変わっていた。

大気にたっぷりと満ちた湿気のおかげか、雪の舞う街は妙に暖かく、俺は間違った季節に迷い込んでしまったような不安をふいに感じる。すれ違う一人ひとりに、なにか大切な秘密が隠されているような気がして、ついつい振り返って見てしまう。

その足で、閉館間際の区立図書館に入った。吹き抜けの広々とした空間にちらほらとしかいない閲覧客が、館内の空気を外よりも寒々しく感じさせる。椅子に座り、棚から持ってきた本を開く。『消えた糸守町・全記録』と題された写真集だ。

古い封印をとくように、俺は一ページ一ページをゆっくりとめくっていく。

銀杏《いちょう》の木と小学校。湖を見おろす、神社の急な階段。塗りの剥《は》げた鳥居。田畑に唐突に置かれた積み木みたいな、小さな踏切。だだっ広い駐車場、二軒並んだスナック、くすんだコンクリートの高校。古びてひびの入ったアスファルトの県道、くねくねと坂道に沿うガードレール、空を反射するビニールハウス。

それは日本のどこにでもある平凡な風景で、だからそのすべてに見覚えがある。石垣の温度も風の冷たさも、まるで住んでいた場所のように思い浮かべることができる。

なぜこんなにも、と俺は思う。思いながらページをめくる。

今はもう存在しない町のあたりまえの風景に、なぜこんなにも、俺の心は苦しくなるのだろう。

かつてとても強い気持ちで、俺はなにかを決心したことがある。

帰り道に誰かの窓灯《まどあか》りを見上げながら、コンビニで弁当に手を伸ばしながら、ほどけた靴の紐《ひも》を結びなおしながら、そんなことをふと思い出す。

俺はかつて、なにかを決めたのだ。誰かと出逢《であ》って、いや、誰かと出逢うために、なにかを決めたのだ。

顔を洗って鏡を見つめながら、ゴミ出し場にビニール袋を置きながら、ビルの隙間の朝日に目を細めながら、俺はそう考え、苦笑する。

誰かとかなにかとか、結局なにも分かってねえじゃねえか。

面接会場の扉を閉めながら、でも、と俺は思う。

でも、俺は今ももがいている。大袈裟《おおげさ》な言い方をしてしまえば、人生にもがいている。かつて俺が決めたことは、こういうことではなかったか。もがくこと。生きるこ

＊　＊　＊

と。息を吸って歩くこと。走ること。食べること。結ぶこと。あたりまえの町の風景に涙をこぼしてしまうように、あたりまえに生きること。

あとすこしだけでいい、と俺は思う。

あとすこしでいい。もうすこしだけでいい。

なにを求めているのかもわからず、でも、俺はなにかを願い続けている。

あとすこしだけでいい。もうすこしだけでいい。

桜が咲いて散り、長い雨が街を洗い、白い雲が高く湧きあがり、葉が色づき、凍える風が吹く。そしてまた桜が咲く。

日々は加速していく。

俺は大学を卒業し、なんとか手にした就職先で働いている。揺れる車から振り落とされないような必死さで、毎日を過ごしている。ほんのすこしずつだけれど、望んだ場所に近づいているように思える時もある。

朝、目を覚まし、右手をじっと見る。人差し指に、小さな水滴がのっている。ついさっきまでの夢も、目尻《めじり》を一瞬湿らせた涙も、気づけばもう乾いている。

あとすこしだけでいいから——、そう思いながら、俺はベッドから降りる。

あとすこしだけでいいから。

私はそう願いながら、鏡に向かって髪紐を結う。春物のスーツに袖を通す。アパートのドアを開け、目の前に広がる東京の風景をひととき眺める。駅の階段を登り、自動改札をくぐり、混み合った通勤の電車に乗る。人々の頭の向こうに見える小さな青空は、突き抜けるように澄んでいる。


俺は電車のドアによりかかり、外を見る。ビルの窓にも、車にも、歩道橋にも、人が溢《あふ》れている。百人が乗った車輛《しゃりょう》、千人を運ぶ列車、その千本が流れる街。それを眺めながら、あとすこしだけでいいから、と俺は願う。

その瞬間、なんの前触れもなく、俺は出逢う。


とつぜんに、私は出逢う。

窓ガラスを挟んで手が届くほどの距離、併走する電車の中に、あの人が乗っている。私をまっすぐに見て、私と同じように、驚いて目を見開いている。そして私は、ずっと抱いていた願いを知る。

ほんの一メートルほど先に、彼女がいる。名前も知らない人なのに、彼女だと俺にはわかる。しかしお互いの電車はだんだんと離れていく。そして別の電車が俺たちの間に滑り込み、彼女の姿は見えなくなる。

でも俺は、自分の願いをようやく知る。

あとすこしだけでも、一緒にいたかった。

もうすこしだけでも、一緒にいたい。

停車した電車から駆けだし、俺は街を走っている。彼女の姿を探している。彼女も俺を探していると、俺はもう、確信している。

俺たちはかつて出逢ったことがある。いや、それは気のせいかもしれない。夢みたいな思い込みかもしれない。前世のような妄想かもしれない。それでも、俺は、俺たちは、もうすこしだけ一緒にいたかったのだ。あとすこしだけでも、一緒にいたいのだ。

坂道を駆けながら、私は思う。どうして私は走っているのだろう。どうして私は探しているのだろう。その答えも、たぶん、私は知っている。覚えてはいないけれど、私のからだぜんぶがそれを知っている。細い路地を曲がると、すとんと道が切れている。階段だ。そこまで歩き、見おろすと、彼がいる。

走り出したいのをこらえて、俺はゆっくりと階段を登り始める。花の匂いのする風が吹き、スーツを膨らませる。階段の上には、彼女が立っている。でもその姿を直視することができなくて、俺は目の端で彼女の気配だけをとらえている。その気配が、階段を降り始める。春の大気に、彼女の靴音がそっと差し込まれている。俺の心臓が、肋骨《ろっこつ》の中で跳ねている。

私たちは目を伏せたまま近づいていく。彼はなにも言わず、私もなにも言えない。そして言えぬまま、私たちはすれ違ってしまう。その瞬間、からだの内側で直接心を摑《つか》まれたように、私の全身がぎゅっと苦しくなる。こんなのは間違ってると、私は強くつよく思う。私たちが見知らぬ人同士だなんて、ぜったいに間違っている。宇宙の

仕組みとか、命の法則みたいなものに反している。だから、

だから、俺は振り向く。まったく同じ速度で、彼女も俺を見る。東京の街を背負って、瞳《ひとみ》をまんまるに見開いて、彼女は階段に立っている。彼女の長い髪が、夕陽みたいな色の紐で結ばれていることに、俺は気づく。全身が、かすかに震える。

やっと逢《あ》えた。やっと出逢えた。このままじゃ泣き出してしまいそう、そう思ったところで、私は自分がもう泣いていることに気付く。私の涙を見て、彼が笑う。私も泣きながら笑う。予感をたっぷり溶かしこんだ春の空気を、思いきり吸い込む。

そして俺たちは、同時に口を開く。

いっせーのーでとタイミングをとりあう子どもみたいに、私たちは声をそろえる。

――君の、名前は、と。

あとがき

この小説を書こうとは、本当は思っていなかった。

こんなことを言ってしまうと読者の方々に失礼かもしれないと思うけれど、『君の名は。』は、アニメーション映画という形がいちばん相応《ふさわ》しいと思っていたからだ。

本書『君の名は。』は、僕が監督をして二〇一六年の夏に公開されるアニメーション映画の小説版である。つまり映画のノベライズなわけだけれど、実はこのあとがきを書いている時点では、まだ映画は完成していない。完成まではあとまだ三ヶ月くらいはかかりそうである。小説版の方が先に世に出るわけで、だからまあ、映画と小説とどちらが原作なのかと問われると微妙なところだ。本書を書いたことで、自分の中で刷新されたイメージもある。三葉はけっこう能天気な子だったんだなあとか、瀧は女性に対して本当に駄目な男子だなあとか。映画のアフレコ（俳優さん・声優さんに声を演じてもらう作業です）にも影響してきそうである。こんなふうに贈り物を交換しあうような映画の作り方、あるいは小説の書き方は僕にとっては初めてで、実を言えばとても楽しかった。

小説と映画で物語上の大きな違いはないけれど、語り口にはすこし差がある。小説版は瀧と三葉の一人称、つまり二人の視点のみで描かれている。彼らが知らないことは語られないのだ。一方、映画はそもそもが三人称——つまりカメラが映し出す世界である。だから、瀧と三葉以外の人々も含めて文字通り俯瞰《ふかん》で語られるシーンも多くある。どちらも単体で十分に楽しんでいただけると思うのだけれど、このようにメディアの特性として必然的に相互補完的になっている。

小説は一人で書いたものだけれど、映画はたくさんの人の手によって組み立てられる構造物である。『君の名は。』の脚本は、東宝（映画会社です）の『君の名は。』チームと数ヶ月にわたり打ち合わせを重ねて形にしていったものだ。プロデューサーの川村元気《かわむらげんき》さんの意見はいつもキレッキレで、僕は時折チャラいなあと密《ひそ》かに思いつつも（重要なことも軽そうに言う人なのです）、常に川村さんに導いてもらっていたと思う。

また、僕はこの小説を自宅と映画の制作スタジオ、それぞれ半分ずつくらいの割合で書いていたのだけれど、この小説が書き上がったのは映画の作画監督である安藤雅司《あんどうまさし》さんのおかげだとも思っている。別に安藤さんと小説の話をしたわけではないのだが、映画本編への安藤さんの本当に献身的な仕事ぶりのおかげで、僕はアニメーション映画制作という修羅場めいた現場でも安心して、小説を書く時間を作り出すことができた。

それから、映画の音楽を担当してくれたRADWIMPS《ラッドウィンプス》の楽曲たち。小説ではもちろんBGMは流れないけれど、RADWIMPSの歌詞の世界に、この小説も大きな影響を受けている。映画『君の名は。』においては音楽が担う役割は特に大きいのだけれど、それが映画・小説それぞれでどう演出されているか、確かめていただければ嬉《うれ》しい（そのためには映画も観ていただく必要がありますね。ぜひ観てください！）。

最初にこの物語は「アニメーション映画という形がいちばん相応しいと思ってい

た」と書いたけれど、それは映画版が、先に挙げたような多くの方々の才能による華やかな結晶だからだ。個人の能力をはるかに超えた場所に、映画はあると思う。

それでも、僕は最後には小説版を書いた。

書きたいと、いつからか気持ちが変わった。

その理由は、どこかに瀧や三葉のような少年少女がいるような気がしたからだ。この物語はもちろんファンタジーだけれど、でもどこかに、彼らと似たような経験、似たような想いを抱える人がいると思うのだ。大切な人や場所を失い、それでももがくのだと心に決めた人。未だ出逢えぬなにかに、いつか絶対に出逢うはずだと信じて手を伸ばし続けている人。そしてそういう想いは、映画の華やかさとは別の切実さで語られる必要があると感じているから、僕はこの本を書いたのだと思う。


手にとってくださって、読んでくださって、本当にありがとうございました。

二〇一六年三月　新海　誠

解説

川村元気

「解説を、お願いします」

コミックス・ウェーブ・フィルムの会議室で新海誠《しんかいまこと》が言った。

唐突なオファーに僕はうろたえ、「解説」というものは第三者によって客観的にされるべきだと思う、と答えた。

僕は映画『君の名は。』のプロデューサーであり、もはやその視点をもたない。

それでも新海誠は引き下がらない。どうしてもお願いします、と迫られた。

それから数か月が経ち、小説を読んだ。素晴らしい作品だった。

そして、新海誠が僕に解説を頼んだ理由が分かった気がした。

彼は「解説」して欲しかったのではない。この小説が生まれた経緯を、身内から「暴露」して欲しかったのだと、僕は理解した。

二年前、新海誠と長編映画をつくることが決まった。

その日の夜、僕は新海誠と有楽町《ゆうらくちょう》のガード下にある安い居酒屋で酒を飲んでいた。僕はハイボールを、彼は生ビールを片手に語り合った。

『ほしのこえ』『雲のむこう、約束の場所』『秒速5センチメートル』。

美しく壮大な世界で、すれちがう少年少女のラブストーリーを新海誠は描いてきた。最新作は「新海誠のベスト盤」にして欲しい、と僕は伝えた。

新海誠をまだ知らない人たちが彼の世界に触れ、驚いて欲しかった（僕が十四年前に『ほしのこえ』を観てぶったまげたように）。そして、新海作品を見続けてきた人たちには、あらためて新海誠という才能がなにを成し遂げたのかを目撃して欲しかった。

加えて、新作は限りなく音楽的であって欲しいと、僕は言った（いつだって新海誠の作品は素晴らしい音楽とともにある）。好きなミュージシャンはいるのか？と訊《たず》ねた。すると彼はあるバンドの名前を挙げた。以前から親しくしているそのバンドのフロントマンに、僕は酔った勢いでメールを打った。

「君の前前前世から　僕は君を探し始めたよ」

それから半年後、RADWIMPSの野田洋次郎《のだようじろう》から主題歌『前前前世』のデモが届いた。RADWIMPSとしてもエポックとなるであろう、素晴らしい曲だった。

「あまりにも興奮して、どしゃぶりの雨のなか、ずぶ濡《ぬ》れになりながら聴いています」

新海誠からのLINEに、なぜだか涙が零《こぼ》れそうになった。

出会いが溢《あふ》れたこの世界で、運命の人と出会うのは難しい。たとえ出会ったとしても、それが運命の人だと誰が証明してくれるのだろうか。

すれちがうふたりの物語を、どこまでも大きな世界で描く。新海誠と野田洋次郎。ふたりは運命に導かれるように出会い、奇跡的なコラボレーションが生まれた（きっかけはガード下の居酒屋だったけど）。

新海誠が描いた物語やコンテを、野田洋次郎が受け取って音楽として広げ、それらが合わさってこの小説となった。そして小説が書かれたことにより、完成間近の映画がさらなる膨らみを見せている。こんなに幸せな映画づくりがあるだろうか。

「今回、小説は書きません」

そう宣言していた新海誠が、野田洋次郎の音楽によって書かされた。

小説に音は鳴らせない。でもRADWIMPSの曲がここから聴こえてくる。

運命的な出会いがもたらした、希有《けう》な小説だと思う。

２０１２年、僕は『世界から猫が消えたなら』という小説を書いた。

そこで死にゆく郵便配達員の姿を描いた。

死を書いているはずなのに、いつの間にか記憶の物語になっていった。

人にとって最も残酷なことはなにか？　当然それは死だ。ずっと、そう思っていた。

でも、死よりも残酷なことがある。

それは、生きながら愛する人を忘れていくことだ。


人の記憶は、どこに宿るのだろう。

脳のシナプスの配線パターンそのものか。眼球や指先にも記憶はあるのか。あるいは、霧のように不定型で不可視な精神の塊がどこかにあって、それが記憶を宿すのか。心とか、精神とか、魂とか呼ばれるようなもの。ＯＳの入ったメモリーカードみたいに、それは抜き差し出来るのか。

本作のなかで瀧《たき》は自問している。

人は不思議な生き物だ。大切なことを忘れ、どうでもいいことばかり覚えている。メモリーカードのように、必要なものを残し、不必要なものだけを消すようにはできていない。それはなぜだろう、と考え続けてきた。

でもこの小説を読んで、少しだけわかった気がする。

ひとは大切なことを忘れていく。

けれども、そこに抗《あらが》おうともがくことで生を獲得するのだ。

残酷なこの世界で「うつくしく、もがく」少年少女のラブストーリーを描いた映画『君の名は。』が、間もなく完成する。間違いなく「新海誠のベスト盤」、いや言い直そう。「新海誠の最高傑作」が誕生する。

いま僕は、この小説を読んだ読者と同じ気持ちで、その映画と出会えるのを心から楽しみにしている。


（映画プロデューサー・小説家）

本書は書き下ろしです。

小説《しょうせつ》 君《きみ》の名《な》は。

新海《しんかい》 誠《まこと》

平成28年 6月25日　初版発行
平成28年 9月30日　18版発行

発行者●郡司 聡

発行●株式会社KADOKAWA
〒102-8177　東京都千代田区富士見2-13-3
電話 0570-002-301（カスタマーサポート・ナビダイヤル）
受付時間 9:00～17:00（土日 祝日 年末年始を除く）
http://www.kadokawa.co.jp/

角川文庫 19809

印刷所●株式会社暁印刷　製本所●株式会社ビルディング・ブックセンター

表紙画●和田三造

◎定価はカバーに明記してあります。
◎落丁・乱丁本は、送料小社負担にて、お取り替えいたします。KADOKAWA読者係までご連絡ください。（古書店で購入したものについては、お取り替えできません）
電話 049-259-1100（9:00 ～ 17:00/土日、祝日、年末年始を除く）
〒 354-0041　埼玉県入間郡三芳町藤久保 550-1

ISBN978-4-04-102622-9　C0193

角川文庫発刊に際して

角川源義

第二次世界大戦の敗北は、軍事力の敗北であった以上に、私たちの若い文化力の敗退であった。私たちの文化が戦争に対して如何に無力であり、単なるあだ花に過ぎなかったかを、私たちは身を以て体験し痛感した。西洋近代文化の摂取にとって、明治以後八十年の歳月は決して短かすぎたとは言えない。にもかかわらず、近代文化の伝統を確立し、自由な批判と柔軟な良識に富む文化層として自らを形成することに私たちは失敗して来た。そしてこれは、各層への文化の普及滲透を任務とする出版人の責任でもあった。

一九四五年以来、私たちは再び振出しに戻り、第一歩から踏み出すことを余儀なくされた。これは大きな不幸ではあるが、反面、これまでの混沌・未熟・歪曲の中にあった我が国の文化に秩序と確たる基礎を齎らすためには絶好の機会でもある。角川書店は、このような祖国の文化的危機にあたり、微力をも顧みず再建の礎石たるべき抱負と決意とをもって出発したが、ここに創立以来の念願を果すべく角川文庫を発刊する。これまで刊行されたあらゆる全集叢書文庫類の長所と短所とを検討し、古今東西の不朽の典籍を、良心的編集のもとに、廉価に、そして書架にふさわしい美本として、多くのひとびとに提供しようとする。しかし私たちは徒らに百科全書的な知識のジレッタントを作ることを目的とせず、あくまで祖国の文化に秩序と再建への道を示し、この文庫を角川書店の栄ある事業として、今後永久に継続発展せしめ、学芸と教養との殿堂として大成せんことを期したい。多くの読書子の愛情ある忠言と支持とによって、この希望と抱負とを完遂せしめられんことを願う。

一九四九年五月三日

角川文庫ベストセラー

小説　秒速5センチメートル　新海　誠

「桜の花びらの落ちるスピードだよ。秒速5センチメートル」。いつも大切な事を教えてくれた明里、彼女を守ろうとした貴樹。恋心の彷徨を描く劇場アニメーション『秒速5センチメートル』を監督自ら小説化。

小説　言の葉の庭　新海　誠

雨の朝、高校生の孝雄と、謎めいた年上の女性・雪野は出会った。雨と緑に彩られた一夏を描く青春小説。劇場アニメーション『言の葉の庭』を、監督自ら小説化。アニメにはなかった人物やエピソードも多数。

バッテリー　全六巻　あさのあつこ

中学入学直前の春、岡山県の県境の町に引っ越してきた巧。ピッチャーとしての自分の才能を信じ切る彼の前に、同級生の豪が現れ!?　二人なら「最高のバッテリー」になれる！　世代を超えるベストセラー!!

星やどりの声　朝井リョウ

東京ではない海の見える町で、亡くなった父の残した喫茶店を営むある一家に降りそそぐ奇跡。才能きらめく直木賞受賞作家が、学生時代最後の夏に書き綴った、ある一家が「家族」を卒業する物語。

きみが見つける物語
十代のための新名作　スクール編　編／角川文庫編集部

小説には、毎日を輝かせる鍵がある。読者と選んだ好評アンソロジーシリーズ。スクール編には、あさのあつこ、恩田陸、加納朋子、北村薫、豊島ミホ、はやみねかおる、村上春樹の短編を収録。

角川文庫ベストセラー

きみが見つける物語　十代のための新名作　放課後編

編／角川文庫編集部

学校から一歩足を踏み出せば、そこには日常のささやかな謎や冒険が待ち受けている——。読者と選んだ好評アンソロジーシリーズ。放課後編には、浅田次郎、石田衣良、橋本紡、星新一、宮部みゆきの短編を収録。

きみが見つける物語　十代のための新名作　休日編

編／角川文庫編集部

とびっきりの解放感で校門を飛び出す。この瞬間は嫌なこともすべて忘れて……読者と選んだ好評アンソロジーシリーズ。休日編には角田光代、恒川光太郎、万城目学、森絵都、米澤穂信の傑作短編を収録。

きみが見つける物語　十代のための新名作　友情編

編／角川文庫編集部

ちょっとしたきっかけで近づいたり、大嫌いになったり。友達、親友、ライバル——。読者と選んだ好評アンソロジー。友情編には、坂木司、佐藤多佳子、重松清、朱川湊人、よしもとばななの傑作短編を収録。

きみが見つける物語　十代のための新名作　恋愛編

編／角川文庫編集部

はじめて味わう胸の高鳴り、つないだ手。甘くて苦かった初恋——。読者と選んだ好評アンソロジーシリーズ。恋愛編には、有川浩、乙一、梨屋アリエ、東野圭吾、山田悠介の傑作短編を収録。

きみが見つける物語　十代のための新名作　こわ〜い話編

編／角川文庫編集部

放課後誰もいなくなった教室、夜中の肝試し。都市伝説や怪談——。読者と選んだ好評アンソロジーシリーズ。こわ〜い話編には、赤川次郎、江戸川乱歩、乙一、雀野日名子、高橋克彦、山田悠介の短編を収録。

角川文庫ベストセラー

きみが見つける物語　十代のための新名作　不思議な話編

編／角川文庫編集部

いつもの通学路にも、寄り道先の本屋さんにも、見渡してみればきっと不思議が隠れてる。読者と選んだ好評アンソロジー。不思議な話編には、いしいしんじ、大崎梢、宗田理、筒井康隆、三崎亜記の傑作短編を収録。

きみが見つける物語　十代のための新名作　切ない話編

編／角川文庫編集部

たとえば誰かを好きになったとき。心が締めつけられるように痛むのはどうして？　読者と選んだ好評アンソロジー。切ない話編には、小川洋子、萩原浩、加納朋子、川島誠、志賀直哉、山本幸久の傑作短編を収録。

きみが見つける物語　十代のための新名作　オトナの話編

編／角川文庫編集部

大人になったきみの姿がきっとみつかる、がんばる大人の物語。読者と選んだ好評アンソロジーシリーズ。オトナの話編には、大崎善生、奥田英朗、原田宗典、森絵都、山本文緒の傑作短編を収録。

きみが見つける物語　十代のための新名作　運命の出会い編

編／角川文庫編集部

部活、恋愛、友達、宝物、出逢いと別れ……少年少女小説の名手たちが綴った短編青春小説6編を集めた、極上のアンソロジー。あさのあつこ、魚住直子、角田光代、笹生陽子、森絵都、椰月美智子の作品を収録。

不思議の扉　時をかける恋

編／大森　望

不思議な味わいの作品を集めたアンソロジー。ひとたび眠るといつ目覚めるかわからない彼女との一瞬の再会を待つ恋……梶尾真治、恩田陸、乙一、貴子潤一郎、太宰治、ジャック・フィニィの傑作短編を収録。

角川文庫ベストセラー

不思議の扉 時間がいっぱい
編／大森 望

同じ時間が何度も繰り返すとしたら？　時間を超えて追いかけてくる女がいたら？　筒井康隆、大槻ケンヂ、牧野修、谷川流、星新一、大井三重子、フィッツジェラルド描く、時間にまつわる奇想天外な物語！

不思議の扉 ありえない恋
編／大森 望

庭のサルスベリが恋したり、愛する妻が鳥になったり、腕だけに愛情を寄せたり。梨木香歩、椎名誠、川上弘美、シオドア・スタージョン、三崎亜記、小林泰三、万城目学、川端康成が、究極の愛に挑む！

不思議の扉 午後の教室
編／大森 望

学校には不思議な話がつまっています。湊かなえ、古橋秀之、森見登美彦、有川浩、小松左京、平山夢明、ジョー・ヒル、芥川龍之介……人気作家たちの書籍初収録作や不朽の名作を含む短編小説集！

謎の放課後 学校のミステリー
編／大森 望

いつもの放課後にも、年に一度の学園祭にも、仲間と過ごす部活にも。学生たちの日常には、いろんな謎があふれてる。はやみねかおる、東川篤哉、米澤穂信、初野晴、恒川光太郎が描く名作短編を収録。

謎の放課後 学校の七不思議
編／大森 望

階段の踊り場にも、古びた校舎にも、講堂のステンドグラスにも。日常のすぐとなりには、怪しい謎があふれている。辻村深月、七尾与史、相沢沙呼、田丸雅智、深緑野分の豪華競演で贈るミステリアンソロジー！

角川文庫ベストセラー

グラスホッパー　伊坂幸太郎

妻の復讐を目論む元教師「鈴木」。自殺専門の殺し屋「鯨」。ナイフ使いの天才「蝉」。3人の思いが交錯するとき、物語は唸りをあげて動き出す。疾走感溢れる筆致で綴られた、分類不能の「殺し屋」小説!

マリアビートル　伊坂幸太郎

酒浸りの元殺し屋「木村」。狡猾な中学生「王子」。腕利きの二人組「蜜柑」「檸檬」。運の悪い殺し屋「七尾」。物騒な奴らを乗せた新幹線は疾走する!『グラスホッパー』に続く、殺し屋たちの狂想曲。

GOTH
夜の章・僕の章　乙一

連続殺人犯の日記帳を拾った森野夜は、未発見の死体を見物に行こうと「僕」を誘う……人間の残酷な面を覗きたがる者〈GOTH〉を描き本格ミステリ大賞に輝いた乙一の出世作。「夜」を巡る短篇3作を収録。

大泉エッセイ
僕が綴った16年　大泉　洋

大泉洋が1997年から綴った18年分の大人気エッセイ集(本書で2年分を追記)。文庫版では大量書き下ろし(結婚&家族について語る!)。あだち充との対談も収録。大泉節全開、笑って泣ける1冊。

おおかみこどもの雨と雪　細田　守

ある日、大学生の花は〝おおかみおとこ〟に恋をした。2人は愛しあい、2つの命を授かる。そして彼との悲しい別れ——。1人になった花は2人の子供、雪と雨を田舎で育てることに。細田守初の書下し小説。

角川文庫ベストセラー

バケモノの子　細田守

この世界には人間の世界とは別の世界がある。バケモノの世界だ。1人の少年がバケモノの世界に迷い込み、バケモノ・熊徹の弟子となり九太という名を授けられる。その出会いが想像を超えた冒険の始まりだった。

短歌ください　穂村弘

本の情報誌「ダ・ヴィンチ」の投稿企画「短歌ください」に寄せられた短歌から、人気歌人・穂村弘が傑作を選出。鮮やかな講評が短歌それぞれの魅力を一層際立たせる。言葉の不思議に触れる実践的短歌入門書。

わたし恋をしている。　益田ミリ

川柳とイラスト、ショートストーリーで描く、さまざまな恋のワンシーン。まっすぐな片思い、別れの夜の切なさ、ちょっとずるいカケヒキ、後戻りのできない恋……あなたの心にしみこむ言葉がきっとある。

PSYCHO-PASS サイコパス（上）　深見真

2112年。人間の心理傾向を数値化できるようになった世界。新人刑事・朱は、犯罪係数が上昇した《潜在犯》を追い現場を駆ける。本書には、朱らに立ちはだかる男・槙島の内面が垣間見える追加シーンも加筆。

PSYCHO-PASS サイコパス（下）　深見真

槙島は、狡噛が《執行官》に堕ちたキッカケに繋がる男でもあった。槙島が糸を引く猟奇殺人により、新人刑事・朱や狡噛の日常の均衡は崩される。本書には、狡噛や槙島たちの内面が垣間見える追加シーンも加筆。